聖剣学院の
魔剣使い
Demon's Sword Master
of Excalibur School
[4]

学園祭の出し物
Character
剣士な
和装お姉さん
咲耶
ヴォイドに滅ぼされ
た〈桜蘭〉出身の少女。
Character
クールな
ポンコツお姉さん
リーセリア
魔王の眷属となったレ
オニスの保護者。吸血
鬼の女王。

聖剣学院の魔剣使い4

志瑞 祐

MF文庫J

Character
からかい上手の
メイドお姉さん
レギーナ
リーセリアのメイド。レオ
ニスをからかって愉しむ。
Character
優しいみんなの
お姉さん
エルフィーネ
第十八小隊のまとめ
役。国家企業フィレッ
ト社の令嬢。

「さ、つぎのお店に行きましょう。
あっちのお店も、とっても評判なの！」

「セリアさん、手はつながなくて大丈夫です！」
Character
10歳児に転生した最強魔王
レオニス
不慣れな子供の身体とお姉さんたちに振り回される。

「――俺の剣を、受けてみるがいい」

Contents

Demon's Sword Master of Excalibur School

口絵・本文イラスト：遠坂あさぎ

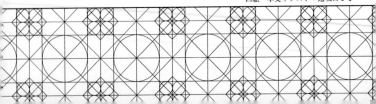

聖剣学院の魔剣使い４

志瑞 祐

MF文庫J

Character

Demon's Sword Master of Excalibur School

リーセリア

レオニスの眷属であると同時に保護者となった少女。

レオニス

1000年の時を経てなぜか10歳児に転生した最強魔王。

レギーナ

リーセリア付きのメイド。ある秘密を抱える。

咲耶

ヴォイドに滅ぼされた〈桜蘭〉の少女。剣の達人。

エルフィーネ

レオニス達の小隊のまとめ役。フィレット社の令嬢。

シャーリ

暗殺メイド。レオニスの闇の眷属の一員。お菓子好き。

ブラッカス

闇の眷属の一人にして〈影の王国〉の王子。モフモフ。

アルーレ

魔王時代のレオニスを知るエルフの少女。

口絵・本文イラスト：遠坂あさぎ

プロローグ

Demon's Sword Master of Excalibur School

ザッ――ザッ、ザッ、ザッザッザッ――

視界を埋め尽くすように吹き荒れる氷風の中、雪を踏みしめる音が響く。

第四大陸最北端、旧フロストへイヴン王国領。

冷気の魔力を帯びた氷鉄鋼の採掘で栄えた王国であったが、六十四年前、近郊の領地で〈ヴォイド〉の〈大狂騒《スタンピード》〉が発生し、わずか二週間で虚無《の》に呑み込まれた。

それ以来、人類がこの凍土に足を踏み入れたことはない。

その不毛の地をゆく、十数人からなる人影があった。

「本当に大丈夫なのかね、クロヴィア研究官?」

と、眼前にそびえる氷塊を見上げつつ、壮年の男が軍用ゴーグル越しに声を発した。

〈第〇六戦術都市《ゼクス・アサルト・ガーデン》〉の都市防衛騎士団に所属する、遺跡調査隊の隊長だ。

「ええ、先遣隊の報告では、六十四年前に猛威を振るった〈ヴォイド〉の〈巣《ハイヴ》〉は、すでに消滅していますので」

答えたのは、最新の防寒具に全身を包んだ二十歳半ばほどの女の声だった。

クロヴィア・フィレット。

〈人造精霊《アーティフィシャル・エレメンタル》〉に関する研究を独占している、国家企業フィレット社の令嬢にして、二十六という若さで、〈第〇六戦術都市《ゼクス・アサルト・ガーデン》〉の研究所の主任研究官に抜擢《ばってき》された才媛である。

その地位は、決して家柄だけによって手に入れたものではない。

「先遣隊が、〈巣《ハイヴ》〉を見逃してなければいいのだがな」

アイゼンを手に、吹雪の中を進む調査隊。その周囲には、炎を纏《まと》う蝶《ちょう》のような精霊が飛び回っている。フィレット社の調整した、火の〈人造精霊〉だ。猛烈な吹雪の中を進むことができているのは、使い捨てにされている、この精霊たちのおかげであった。

「――た、隊長、発見しました、例の氷塊です！」

先行していた調査隊の二人が、魔力灯の灯《あか》りを激しく振り、合図した。

近づくと、現れたのは氷の大地に穿《うが》たれたクレーターだ。

その中心に埋まっているのは、直径四十メイルほどもある、巨大な氷塊だった。

「やはり、クリスタリア公爵の研究は正しかったようね」

「運び出すのは難儀しそうだな。せめて中身だけ持ち帰ることはできんのですか？」

「あれは、太古の力によって生み出された〈氷獄〉。我々の技術では破壊することは不可能。〈聖剣〉の力でも、無理でしょうね――」

クロヴィアは首を横に振り、魅入られたように氷塊を凝視する。

その氷の中に閉じ込められた存在が、かすかに胎動したような気がした。

「あれが、古代世界を支配していたという存在、か」

訊《たず》ねる隊長に、クロヴィアは答えた。

「――そう、〈魔王〉と呼ばれる存在よ」

第一章　聖剣学院の祝祭

Demon's Sword Master of Excalibur School

「剣士アミラス、闘士ドルオーグ、そして法術士ネフィスガル。誉れ高きログナス王国の三勇士よ、此度《こたび》の目覚ましい働きを表して、〈餓骨魔勲章《がこつまくんしょう》〉を授けよう」

「が、〈餓骨魔勲章〉ですと⁉」

「な、なんと畏れ多い……！」

「〈魔王軍〉不死軍団、最高位の勲章ではありませぬか」

ところどころ欠けた歯をカタカタ打ち鳴らし、感涙にむせぶ三体の骸骨騎士に、

「よい、お前たちはそれだけの働きをしたのだ。誇るがよい」

レオニスは鷹揚《おうよう》に首を振ってみせた。

フレースヴェルグ女子寮の二階、レオニスの部屋である。

——〈第〇三戦術都市《サード・アサルト・ガーデン》〉の調査任務から、七十六時間後。

魔剣〈ダーインスレイヴ〉を使った後遺症から、ようやく目覚めたレオニスは、あの戦いで活躍した配下の騎士に褒美を授けているのだった。

（新生〈魔王軍〉において、信賞必罰は、徹底せねばならんからな）

敵地にあって、眷属《けんぞく》リーセリアの護衛を見事に果たしたこと。〈ヴォイド〉の大軍との

戦いで見せた彼らの獅子奮迅《ししふんじん》の働きは、〈餓骨魔勲章〉を授けるのに十分な功績だ。

「レオ君、その、骨の――玩具《おもちゃ》？　それって、そんなにすごいものなの？」

と、蒼氷《アイスブルー》の瞳に困惑の色を浮かべ、訊《たず》ねてきたのはリーセリアだ。

「リ、リーセリア嬢、知らぬのですか!?」

「〈餓骨魔勲章〉といえば、不死者《アンデッド》にとっては最高の名誉たる勲章なのですよ」

アミラスとドルオーグがまくしたてる。

「……そ、そうなの？」

困惑の表情を浮かべるリーセリア。

「それでは、魔勲章は騎士団を代表して、わしが頂いておきましょう」

と、ローブ姿のスケルトン、ネフィスガルが骨の勲章を懐にしまおうとする。

「お待ちくだされ、ネフィスガル翁《おう》、そうは参りませんぞ！」

「功績を一人占めしようとは、第一、一番活躍したのはこの闘士ドルオーグ」

「なにを言う、これは老い先短いわしに譲るのがすじというものじゃろう」

「我ら不死者に、老い先もなにもあるものですか、さあ、私に――」

「いやいや、それがしこそが勲章を賜るにふさわしい！」

激しく言い争ううちに、騎士たちの骨は互いに絡まり合ってしまう。

「……～っ、お、お前たち……」

レオニスはこめかみを押さえて唸《うな》った。

「もういい、決闘でもなんでもして勝手に決めるがいい」

〈封罪の魔杖《まじよう》〉を振りかざし、絡まり合った三体の骨の塊を影の中に放り込む。

ログナス三勇士は取っ組み合いを続けたまま、ズブズブと影に呑《の》み込まれていった。

「……まったく。不死者《アンデッド》としての強さは申し分ないのだが――」

なかば呆《あき》れた声で呟《つぶや》きつつ、肩をすくめるレオニス。

と、リーセリアは、くすっと微苦笑を漏らした。

「な、なんですか？」

「レオ君のお友達、面白い人たちね」

レオニスは少し頰《ほお》を赤らめると、こほんと咳払《せきばら》いして、

「セリアさんにも、勲章を用意してますよ」

「……え？」

レオニスが杖《つえ》を振ると、影の中から、ひと抱えほどもある頭蓋骨が空中に出現した。

「レ、レオ君、これはなに？」

「――〈死骨大魔勲章《アーク・デス・メダリオン》〉です、どうぞ受け取ってください」

レオニスは重々しい口調で、彼女に告げた。

この場にログナス三勇士がいれば、驚愕《きようがく》の声を上げたに違いない。

本物の竜の頭骨に金箔《きんぱく》を施した、最高位の勲章だ。

〈魔王軍〉の中でも、この勲章を授かった者は、ごく一部の大将軍だけである。

だが、彼女はこの勲章に見合う十分な働きをした、とレオニスは思っている。

〈ヴォイド・ロード〉となった六英雄の聖女、ティアレス・リザレクティアとの戦いで、
彼女は瀕死《ひんし》の傷を負ったレオニスに血を分け与え、窮地を救ってくれた。

彼女の血は、封印されていた、女神ロゼリアに関する記憶を呼び覚ましてくれたのだ。

「さあ、遠慮することはありません」

「え、ええっと……」

黄金色に輝く竜の頭骨を差し出すレオニス。

しかし、リーセリアは困ったように首を振り、

「わ、わたしはいいわ！　レオ君の気持ちだけ、ありがとう」

と、レオニスの頭を優しくなでてくる。

「……っ、い、いらないんですか、〈死骨大魔勲章〉ですよ⁉」

あまりに予想外の返答に、レオニスがあわてた。

「う、うん、ほら、レオ君には素敵なドレスも貰《もら》ったし、ね？」

「そうですか……」

リーセリアに与えた〈真祖のドレス〉は、たしかに国宝級の宝物だ。しかし、あれは褒

美ではなく、彼女に元々与えるつもりだったものである。

「そ、それじゃあ、ほかになにか欲しいものはありませんか？　〈死骨大魔勲章《アーク・デス・メダリオン》〉よりは劣りますが、〈死神の戦車《デス・チャリオット》〉とか、〈冥府の錫杖《スタッフ・オヴ・ヘル》〉とか――」

あわてて代わりの褒美を提案するレオニスに、リーセリアは苦笑して――、
膝をかがめると、レオニスの頭をぎゅっと抱きしめた。

「……っ、セリア……さん？」

「レオ君、私はね、みんな無事に帰ってこられたことが、一番のご褒美だと思っているわ。そして、それはレオ君のおかげだから」

「……あ、う……」

耳元で、そう諭すように言われ、レオニスは固まってしまう。

吸血鬼《ヴァンパイア》の少し冷たい指先。彼女の白銀の髪が首筋を優しくくすぐる。

「さ、そろそろ朝食の準備をしないと。レギーナが待ってるわ」

リーセリアは立ち上がると、制服のスカートを翻《ひるがえ》して部屋を出て行く。

残されたレオニスは、少し赤くなった頬《ほお》をかきつつ、大きな竜の頭骨を影に沈めた。

（……なんと謙虚なことだ。俺の配下はみな、あの勲章を奪い合ったというのに）

レオニスの評価がまた大きく上がったことを、当の眷属《けんぞく》は知る由《よし》もなかった。

◆

骸骨騎士たちも消えたので、レオニスはカーテンを開き、部屋の窓を開けた。

朝日を浴びるのが苦手だったレオニスだが、今はもう慣れてきた。

たまに地下霊廟《れいびょう》の石の棺《ひつぎ》を恋しく思うこともあるが、以前、真っ暗なクローゼットの中で寝ていたら、「吸血鬼じゃないんだから……」と起こしに来たリーセリアに怒られてしまった。

吸血鬼はセリアさんでしょうと言い返したら、また怒られた。

机の上の小型端末を起動して、シャーリの報告を確認する。魔導技術を用いた端末の使い方も、すでに手慣れたものだ。

〈第〇三戦術都市《サード・アサルト・ガーデン》〉での調査任務から帰還して、ほぼ三日が経過していた。実際は調査どころではない事態に巻き込まれたわけだが、まあ、それはいい。

（――あの男に関する情報はない、か）

レオニスは胸中で呟《つぶや》き、嘆息する。

クリスタリア公邸で、リーセリアの前に姿を現した白髪の優男《やさおとこ》。

ネファケス・レイザード。

一〇〇〇年前の世界で、〈異界の魔王〉アズラ＝イルの腹心を務めていた男だ。

あの男が、〈ヴォイド〉となった六英雄の聖女、ティアレス・リザレクティアの復活に関わっていたであろうことは、まず間違いあるまい。そして、レオニスの探している、女神ロゼリアに関するなんらかの情報を握っていることも――

女神が、器たる聖女の中で目覚めた――と、あの男はそう口にした。

ティアレス・リザレクティアは、女神ロゼリアの魂を確かに宿していた。

だが、その魂は、転生の器である聖女もろとも、虚無に侵されてしまっていた。

約束して。遠い未来に、私が違う何かになってしまったら――

その魔剣で、私を――殺して。

……そして、本当の私を見つけて。

封印された記憶の中で、ロゼリアはレオニスに告げていた。彼女は、その未来視の権能で、転生した自身の魂が虚無に穢《けが》される可能性を予知していたのだろう。

（ゆえに、転生する魂を幾つかの欠片《かけら》に分けた、か――）

虚無に穢された女神の魂を解放し、本物の彼女を見つけ出す。

それが、彼女がレオニスに与えた、〈魔剣〉の使命。

今のところ手がかりとなりそうなのは、あの〈異界の魔王〉の腹心だけだ。

（……〈魔王軍〉の総力を挙げて、奴《やつ》を探し出してやる）

レオニスは、手にした〈封罪の魔杖《まじょう》〉を強く握り込んだ。

「魔王から逃げられると思うなよ、ククク……」

と、悪い顔で含み笑いをしていると、

「──王様……あの、魔王様……？」

制服の袖をくいくいと引っ張られる。

「うん？」

眉をひそめつつ足下に視線を向けると──、

「ご報告があります、魔王様」

影の中から体の半分ほどを出した、メイド服姿の少女がいた。

「シャーリか。どうした？」

「は、失礼します──」

少女はスーッと、影の中から這《は》い上がってきた。

黄昏《たそがれ》色の目をした、可憐《かれん》な黒髪の少女である。

シャーリ・コルベット・シャドウアサシン。

〈影の王国《レルム・オヴ・シャドウ》〉の暗殺者にして、レオニスの専属メイドだ。

レオニスの前に現れたシャーリは、靴のつま先を軽く床にあて、優雅にお辞儀する。

「報告とは、ネファケス・レイザードの情報か？」

「いえ、そちらはまだ何も掴《つか》めておらず、申し訳ありません」

シャーリはゆっくりと首を横に振る。

「そうか。では、なんだ？」

「先日、魔王様が支配下に置かれました、旧〈王狼派《おうろうは》〉の残党に、新たに十四人が加わりたいと申し出ているそうです」

「ああ、〈狼魔衆《ろうましゅう》〉の拡充か」

レオニスは鷹揚《おうよう》に頷《うなず》く。

〈狼魔衆〉とは、亜人種族による反帝国組織、〈王狼派〉のメンバーを中核として結成した集団だ。王家専用艦〈ハイペリオン〉襲撃事件で頭目を失い、瓦解《がかい》寸前だった〈王狼派〉の残党を、レオニスがそっくり配下に抱え込んだ形になる。

当初の人数は三十人ほどだったが、人類帝国に不満を持つ亜人の荒くれ者もスカウトし、その人数は六十人ほどになっている。

いずれ、レオニスが〈不死者の魔王《アンデッド・キング》〉としてこの世界に再臨した暁には、新たな〈魔王軍〉の中核を担う組織になることを、レオニスは密《ひそ》かに期待していた。

「構わん。人員のスカウトは、現場の判断に任せる」

「選別も任せてよいのでしょうか」

シャーリは確認するように訊《たず》ねてくる。

「ああ、問題ない」

シャーリは、組織の構成員をむやみに増やせば、様々な問題が起き得ることを心配しているのだろう。その懸念はもっともだ。

一〇〇〇年前、レオニスの軍勢の大半を構成していたアンデッドの軍団とは違い、〈狼魔衆〉は様々な種族の寄せ集めだ。今は〈魔王〉の威でまとめ上げているが、このまま組織の拡大が続けば、ほころびは出てくるだろう。

（だが、それでいい――）

異なる種族による組織を運用することは、いずれ本格的な〈魔王軍〉を組織する上で、レオニスに貴重な経験をもたらすはずだ。

「かしこまりました。では、そのように――」

深々と一礼して、再び影の中に戻ろうとするシャーリ。

「――待て、シャーリよ」

と、レオニスはシャーリを呼び止めた。

「……なんでしょう？」

「そういえば、褒美を与えねばな」

「……!?」

シャーリは黄昏《たそがれ》色の目を見開く。

廃都の任務で、彼女はレギーナたちの護衛の役目を果たしてくれた。また、〈ハイペリオン〉のテロ事件の際も、レオニスの王国の民をよく守った。

勲章を与えるには十分な功績だ。

「魔王様、わたしにご褒美など、大変もったいなきこと」

「遠慮するな。眷属《けんぞく》に正当な評価を与えぬとあっては、魔王の名を落とすものと知れ」

「ははっ――」

恐縮して跪《ひざまず》くシャーリに、鷹揚《おうよう》に頷《うなず》くレオニス。

「さて、その褒美だが……」

「あの、またドーナツでしょうか？」

「ふむ、ドーナツがいいか？」

「あ、その、魔王様のくださるものでしたら、どんなものでも嬉《うれ》しいのですが、できれば、形に残るものが嬉しいなって……す、すみません！」

シャーリはあわててパタパタと腕を振る。

「ふむ、形に残るものか……」

では、〈竜骨仮面《ドラゴンマスク》〉か〈魔神王の籠手〉あたりがいいだろうか。いや、いずれも英雄級《ヒロイック》の宝だが、小柄なシャーリには似合わないかもしれない。

と、レオニスが思案していると、

「あの、〈吸血鬼の女王《ヴァンパイア・クイーン》〉の眷属には、〈真祖のドレス〉を授けました、よね？」

と、シャーリは妙なことを聞いてくる。

「ん？　ああ、少し早いかと思ったが、リーセリア・クリスタリアは、いずれ俺の右腕になる逸材だ。すぐに使いこなせるようになるだろう」

レオニスが自慢げに頷くと、シャーリはむっと頰《ほお》を膨らませた。

「ま、魔王様はっ、あの娘を花嫁にと、お考えなのですかっ？」

「は、花嫁!?　な、なにを言うのだ……！」

「だって、〈真祖のドレス〉は、吸血鬼《ヴァンパイア》の花嫁の着るドレスではありませんか！」

「そ、それは、あくまで吸血鬼の慣例だ。俺が彼女にあのドレスを与えたのは、〈吸血鬼の女王〉としての力を引き出すためだ」

「そ、そうでしたか……」

レオニスが頷くと、シャーリはなぜか安心したように息を漏らした。

「未熟な眷属に、〈真祖のドレス〉を与えたことが不満か？」

「……いえ、魔王様のご判断に異存はありません」

シャーリは無表情に首を横に振る。

「ふむ、シャーリよ、お前はリーセリア・クリスタリアをどう思う？」

訊《き》くと、シャーリは表情を変えぬまま、

「剣の腕はまだまだですが、その成長速度は目をみはるものがあります。リーダーとしての非凡な判断力、たゆまぬ努力を惜しまぬその姿勢は評価に値するかと」

「なるほど。よく観《み》ているな」

そうだろうそうだろう、とこくこく頷《うなず》くレオニス。

「魔王様の眷属《けんぞく》に相応《ふさわ》しいかどうか、見極めなければなりませんので」

シャーリは無感情な声で返答した。

……お気に入りの眷属を褒められるのは、なかなか嬉《うれ》しいものだ。

と、レオニスは、シャーリへの褒美のことを考えていたのだと思い出し、

「――そうだ、魔法の指輪などはどうだ？」

「指輪……ですか？」

顔を上げたシャーリが目を見開く。

「その、う、嬉しいのですけれど、心の準備が……」

なぜか、頬《ほお》を赤く染めてあわてるシャーリの前に、レオニスは指輪を差しだした。

禍々《まがまが》しい、髑髏《どくろ》の装飾された指輪だ。

「――〈魔神の指輪《デモンズ・リング》〉。冥府の魔神ゾル＝アヅラを倒した時に手に入れた、神話級《ミソロジー》のアーティファクトだ」

「……」

「ん、どうした？」

「……いえ、ありがとうございます、魔王様」

なんだか、瞳の輝きが急に翳《かげ》ったように見えたのは、気のせいだろうか。

「無論、ただの装飾品ではないぞ。魔力を込めて指輪をこすれば、〈魔王軍〉で最も強大な存在を召喚し、一度だけ自在に使役できるのだ」

と、自慢げに説明するレオニス。

「むしろただの装飾品がよかったです」

ぽつり、と呟《つぶや》いたその声は、レオニスには届かない。

シャーリは、はぁ、とため息をつくと、

「〈グレーター・デーモン〉、それとも〈エルダー・リッチ〉でしょうか?」

「さあ、それればかりは呼び出してみぬとわからぬな」

「護衛など必要ありません。わたしは強いので」

「まあ、そう言わずに持っておくがいい。役に立つことがあるかもしれん」

「……ありがとうございます」

シャーリはスカートの端を持ち上げて、ぺこりとお辞儀すると、

「では、私はアルバイトがありますので」

ズズズ、と影の中にその身を沈めていくのだった。

◆

　その後、吹き抜けの階段を降りて、レオニスは一階に向かった。

　共用のミーティングルームには、大きなテーブルが置かれており、すでに朝食の準備が整えられていた。コンソメスープのいい匂いがする。

　普段の朝食は各自の部屋でとるのだが、今日は小隊のミーティングがあるので、みんなで集まるようだ。

「遅くなりました」

「あ、レオ君、ちょっと寝癖があるわよ」

　わずかに跳ねた髪をめざとく発見したリーセリアが、レオニスの頭を梳《す》く。

「じ、自分でやりますから」

「ネクタイも曲がっているわ」

　と、前にかがみ込んで、ネクタイをきゅっと締めてくる。

　リーセリアの白銀の髪が、窓から差し込んだ陽光を反射して美しく輝く。

　吸血鬼《ヴァンパイア》は本来、夜の種族だが、彼女は毎朝規則正しい生活ペースを維持している。

「うん、これでいいわ」

「……ありがとうございます」

　眷属《けんぞく》の少女の身だしなみチェックを通過したレオニスは、テーブルの席に着いた。

共有スペースのキッチンからは、せわしなくフライパンを振る音と、なにかを炒《いた》めるような音が聞こえてくる。

現在、この〈フレースヴェルグ寮〉に入寮しているのは、第十八小隊だけだ。

以前は他の小隊の女子生徒もいたようだが、〈聖剣学院〉の敷地の外れにあるこの寮は、建物の外観の古めかしさとあいまって、あまり人気がないようだった。

「おはよう、レオ君」

「おはようございます、エルフィーネ先輩」

と、自室のドアを開けて出てきたのは、夜色の髪の美しい少女だった。

エルフィーネ・フィレット。

リーセリアたちの二つ年上の先輩で、小隊のお姉《ねえ》さんのような存在だ。

普段はとてもしっかりもののお姉さんなのだが、低血圧なのか、朝が苦手らしく、その薄闇色の瞳は、半分寝ぼけているようにも見える。もっとも、大半の男子学生には、彼女のそんな表情さえも魅力的に映るのではないだろうか。

エルフィーネはレオニスの前に座ると、憂いのある表情を浮かべた。彼女がこんな表情を浮かべるのは大抵、一限目に基礎体力訓練の科目があるときだ。

ほかの三人の少女たちとは違い、彼女の〈聖剣〉の力は情報解析型。普段、実地での戦闘訓練をしていないので、運動は苦手なようだ。

　正直、体力に自信のないレオニスも、その気持ちはよくわかる。

「フィーネ先輩、お疲れですか？」

　と、リーセリアが気遣わしげに訊《たず》ねた。

「うん、ちょっと、ね……」

　苦笑しつつ、答えるエルフィーネ。

「姉が来るのよ。〈第〇六戦術都市《ゼクス・アサルト・ガーデン》〉にいる、ね」

「お姉さん──あ、ひょっとして、フィレット社の主任研究官の？」

「……ええ、とても優秀な姉よ。優秀すぎて、怖いくらいにね」

　エルフィーネは重く嘆息する。

　……どうやら、憂いの理由は、基礎体力訓練とは関係ないらしい。

「あの人からどう逃げるか、夜まで考えていたら、寝不足になってしまって」

「先輩が怖がるほどのお姉さん、なんですね」

「──魔女よ、あの人は。あるいは人の血をすする吸血鬼ね」

「はあ……」

　どう返していいかわからずに、曖昧な返事をするリーセリア。

　レオニスもよく血をすすられている。

　なお、ほとんどの魔物が死に絶えたこの時代でも、吸血鬼《ヴァンパイア》は伝説上の存在としてよく知られているようである。

「お嬢様、朝食の準備ができましたよ」

と、キッチンのほうで声がした。

メイド服姿のレギーナが銀のトレイをテーブルに運んでくる。

「あ、少年、おはようございます」

レオニスの姿をみとめると、ツインテールの少女はにこっと微笑《ほほえ》んだ。

「おはようございます、レギーナさん、おいしそうですね」

レオニスは思わず、ごくっと喉を鳴らした。

テーブルの上に並んだ朝食は、なかなか豪華なものだ。

コンソメで味付けした野菜スープに、リーセリアが菜園で育てたルッコラとハムのサラダ、蜂蜜がけしたチーズたっぷりのトースト、クルミのパン、コーヒー、新鮮なミルクとバター、学院の自然区画で育てた鶏の卵を、ふんだんに使った特製のオムライス。

魔剣を使った後遺症で寝込んでいる間は、まともな食事をとれなかったため、なおさらうまそうに見える。

胃がぐるりと動くのを感じて、レオニスは内心で苦笑した。

(……まったく、この肉体は度し難《がた》い)

〈不死者の魔王《アンデッド・キング》〉であった頃は、空腹など覚えなかったため、腹が減るこの肉体を面倒に感じていたレオニスだが、最近はすっかり食事が楽しみになってしまった。

「少年のオムライスには、特別に旗もつけてあげましたよ」

「子供扱いしないでください」

憮然《ぶぜん》として、オムライスに刺さった旗を引き抜くレオニス。

「咲耶《さくや》は、まだ早朝訓練から帰って来ないみたいね」

と、リーセリアはドアのほうへ視線を向ける。

「ええ、ミーティングがあるとは伝えたのだけど……」

エルフィーネは眉根を寄せて答えた。

「うーん、しかたないですね。咲耶の朝食は取り分けて、先にはじめましょう」

「そうね、冷めてしまうのもよくないし――」

「あ、少年、ケチャップでハートを描いてあげますよ」

「……っ、じ、自分でかけるので大丈夫です！」

「……うー、そうですか」

レオニスが断ると、レギーナはちょっと残念そうに肩を落とした。

◆

「……〈聖灯祭〉、ですか？」

「ええ、翌週にある〈聖剣学院〉の学園祭よ」

付け合わせのパセリをよけつつ訊《き》くレオニスに、リーセリアは丁寧に教えてくれた。

翌週、〈第〇七戦術都市《セヴンス・アサルト・ガーデン》〉は、〈第〇六戦術都市《ゼクス・アサルト・ガーデン》〉と連結する。

帝都〈キャメロット〉を中心として、世界中の海域に展開する〈戦術都市群《ストライク・グループ》〉は、各都市ごとに、与えられた戦術的な役割が異なるのだという。

例えば、〈第〇七戦術都市〉と〈第〇五戦術都市《アルマディア》〉は、〈ヴォイド〉の〈巣《ハイヴ》〉を発見し、殲滅《せんめつ》することを目的とした最前線基地であるのに対し、〈第〇六戦術都市〉は、各都市への補給を担うのが主な役割だ。マナ資源の豊富な海域で、海底に埋蔵された魔力鉱石を採掘し、消耗の激しい最前線の戦術都市に魔力を供給する。

無論、〈第〇七戦術都市〉は、単独での長期継戦能力を有しているが、他の戦術都市との連携によって、より効率的に作戦を遂行することができるのだという。

「……なるほど。各拠点が有機的に連携できる、ということですか」

レオニスは感心する。そのような発想は、〈魔王軍〉にはなかったものだ。

（むしろ、魔王どうしで対抗意識を燃やしていたからな）

とくに鬼神王ディゾルフ、竜王ヴェイラとの争いは激しく、〈六英雄〉との全面戦争の最中でさえ、滅ぼした王国の所有権をめぐり、小競《こぜ》り合いをしていたほどだ。

（……まあ、悪いのは俺ではなく、あいつらなのだがな）

昔のことを思い出し、胸中で苦々しくうめく。

ともあれ、三日間におよぶ魔力の補給期間中に、両都市の住民は大規模な祝祭を催して、一年に一度の交流を楽しむのだという。

「〈聖灯祭〉の間は〈聖剣学院〉の各施設も、一般市民に開放されるのよ」

「なるほど、お祭りは僕も好きです」

説明を聞いたレオニスは、〈黒死狂宴祭《デス・フェスタ》〉のことを思い浮かべる。

激しい戦のあった戦場跡で、数千体に及ぶアンデッドが踊り続けるという、魔術儀式の一種だ。数日間にわたる祝祭のおわった後、その場所は、土地の魔力を吸い上げ、ほぼ無限にアンデッドを生み出し続ける呪われた地となる。

「〈聖剣学院〉の各小隊も、いろんなお店を出すのよ」

と、リーセリアがレオニスの皿に野菜をのせてくる。

この眷属《けんぞく》は、隙あらばレオニスの血をサラサラにしようとするのだ。

「野菜はいいです……」

「だーめ、レオ君、パセリも残しているでしょ」

「ぐ……」

「前の〈聖灯祭〉では、この寮を喫茶店にしたのよね」

そんな様子を微笑《ほほえ》ましそうに眺めつつ、エルフィーネが言った。

「はい、なかなか好評だったんですよ」

と、リーセリアは頷《うなず》く。

たしかに、ここは喫茶店をするにはいい立地かもしれない。

裏手に広がる森はいい景色《けしき》だし、〈聖剣学院〉の敷地の中でも外れにあるので、静かな場所でお茶やお菓子を楽しむには最適だろう。

「でも、今年は去年とは少し趣向を変えたいと思っているの」

「どうしてですか?」

「〈ファーヴニル寮〉の第十一小隊も、喫茶店を出すらしいのよ」

第十一小隊といえば、ことあるごとにリーセリアにつっかかってくる執行部のメンバー、フェンリス・エーデルリッツのいる部隊だ。内装は〈フレースヴェルグ寮〉よりもずっと豪華で、ジェットバスなる戦略級兵器も備えているらしい。

「絶対、第十八小隊に対するあてつけね」

「フェンリス様は、セリアお嬢様が大好きですからねぇ」

と、お茶を飲みながら、レギーナが小声で呟《つぶや》く。

「けど、場所が遠く離れていますし、喫茶店は幾つあってもいいんじゃないですか」

〈ファーヴニル寮〉は学院校舎の近くにある寮だ。

場所もかなり離れているので、競合はしないだろう。

「ううん、去年はダンスホールだったのに、あえて同じ喫茶店をやるっていうことは、きっと、こっちのお店を潰そうと手を打ってくるはずよ。この前の対抗試合で負けたことをまだ根に持っているんだわ」

「……それはありえますね、フェンリス様の性格なら」

と、ゆで卵の殻を剥《む》くレギーナ。

「正直、去年と同じ喫茶店では、勝てないと思うの」

「まあ、〈ファーヴニル寮〉に比べると、うちの寮は貧相ですからね」

「それに、なんだか最近、寮のまわりに不気味なカラスが寄りつくようになって――」

困ったわね、と呟くエルフィーネに、

「……そ、そうですか？」

リーセリアがドキッとした表情になる。

寮のまわりに増え始めたカラスは、まず間違いなく、〈吸血鬼の女王《ヴァンパイア・クイーン》〉の魔力に惹《ひ》かれてやってきたものだ。本来は、コウモリや狼《おおかみ》を引き寄せるものなのだが、この都市に棲む夜の眷属《けんぞく》はカラスしかいないようだ。

「で、でも、カラスも可愛《かわい》いんですよ」

と、リーセリアが眷属のフォローをするが、

「鳴かれると迷惑ですよ。ゴミも漁《あさ》りますし」

「そ、それは……」

レギーナの指摘に、口をつぐむ。

「そういえば、裏庭に奇妙な草も生えていたわね」

と、眉をひそめつつ言うエルフィーネ。

今度はレオニスがドキッとした。

シャーリが、レオニスを元気づけようと、馴染《なじ》みのある魔界の植物を育てようとしたらしく、撒《ま》いた種は寮の壁を覆いはじめている。

このまま成長すれば、さぞ立派な人食い植物になるだろう。

「この外観じゃ、外のお客様も不気味がりそうですね」

と、レギーナが呟《つぶや》いた、その時。

「……みんな、遅れてすまない」

ドアを開け、青髪の小柄な少女が姿を現した。

咲耶《さくや》・ジークリンデ。

十四歳にして卓抜した剣の腕を持つ、第十八小隊のエースアタッカーだ。

「咲耶、どこへ行ってたの？」

「ああ、朝の鍛錬の最中に、黒鉄《くろがね》モフモフ丸をみかけてね」

頷《うなず》きつつ、咲耶は〈桜蘭《おうらん》〉の伝統服を椅子にかける。

「ああ、寮のまわりに出るっていう幽霊犬？」

「幽霊犬じゃないよ。執行部の聖剣使いに追われてたから、森の中へ逃がしてあげたんだ」

見れば、咲耶の制服には大量の木の葉が付着していた。

（……ブラッカス、なにをしているんだ）

その野犬の正体を知っているレオニスは、内心で焦《あせ》った。

「野犬なら、駆除したほうがいいんじゃないです？　学院生は身を守れますけど、〈聖灯祭〉では一般の方も来ますし」

と、レギーナが猟銃を構える仕草をする。

「黒鉄モフモフ丸は野犬じゃない！」

首を振り、必死に訴える咲耶。

「生き別れた、黒鉄丸の生まれ変わりなのかもしれない」

……たぶん違うぞ、とレオニスは心の中で指摘する。

犬ではなく、黒狼《こくろう》だ。〈影の王国《レルム・オヴ・シャドウ》〉の王子でもある。

「咲耶がちゃんとお世話をするなら、寮で飼ってもいいと思うけど――」

リーセリアが人差し指をたてて言った。

「かたじけない。ただ、モフモフ丸は捕まえようとすると、姿を消してしまうんだ」

「だから幽霊犬って言われているんですよねー」

「あ、幽霊犬といえば、わたし幽霊少女を見たわ」

と、思い出したように声をあげるリーセリア。

「あ、それ、わたしも見ました！　可愛《かわい》い女の子ですよね」

「幽霊少女？」

エルフィーネが怪訝《けげん》そうな顔をする。

「最近、噂《うわさ》になってるんです。この寮のまわりで、謎のメイド服姿の少女を見るって——」

と、そんな少女たちの会話を聞きながら——

（……っ、シャーリ、なにをしているんだ！）

パンのかけらを、ごくりと呑み込むレオニス。

と——

「……不気味な館……幽霊……そ、そうだわ！」

リーセリアがなにか思いついたように、ハッと顔を上げた。

「お嬢様、どうしたんです？」

「幽霊屋敷をテーマにした……〈ホーンテッド・カフェ〉よ！」

力強く立ち上がった彼女に、その場の全員が首を傾《かし》げた。

◆

「……う、うう、う……」

人通りの絶えた路地裏に、少女の呻《うめ》き声が響く。

〈第〇七戦術都市《セヴンス・アサルト・ガーデン》〉外縁エリア。〈聖剣学院〉のあるセントラル・ガーデンとは対照的に、都市外で救出された、棄民《きみん》の多く住む区画である。

建物の陰となった路地の奥で、その少女は力尽きたようにうずくまった。

くすんだ新緑色のしっぽ髪。ショートパンツからはみ出した、雪のように真っ白な太ももは、煤《すす》にまみれて汚れている。

少女は壁にもたれ、粗末なローブのフードを跳ね上げた。

澄んだ湖面のような青い瞳。まるで妖精のように美しい顔立ちの少女だった。

フードからこぼれ出たその耳は、鋭いナイフのように尖《とが》っている。

長く尖った耳と優れた容姿は、エルフ種族の肉体的特徴だ。

（どうして、こんなことに……）

と、建物の隙間から見える空を見上げる。

エルフの勇者――アルーレ・キルレシオ。

聖域の長老樹より、〈女神〉の転生体を滅ぼす使命を与えられた。

（もちろん、覚悟は、していたけれど……）

まさか、一〇〇〇年後の世界が、これほどまでに変貌しているとは思わなかった。

人類は巨大な移動型の要塞都市を築き上げ、世界をおびやかしているのは、ゴブリンやオークなどの魔物ではなく、〈ヴォイド〉と呼ばれる未知の生命体だ。

〈第〇三戦術都市《サード・アサルト・ガーデン》〉の戦いの後、リーセリアたちに棄民《きみん》として保護されたアルーレは、この都市に戻った途端、隙を見て脱走した。彼女たちには悪いことをしたと思っているが、身元を調べられるわけにはいかない。

器の一つは破壊したものの、〈女神〉の魂の転生体は、あれだけではあるまい。

（……勇者の使命を、果たさないと）

しかし、空腹で立ち上がる気力さえない。

この都市では、市民登録をしていないと、パンを買うことさえできないのだ。

まさか、勇者が強盗まがいのことをすることもできない。

（……っ、なんとか、しないと……）

こんなところで力尽きるわけにはいかない。

と――

「あの、大丈夫……ですか？」

アルーレの耳に、おびえたような声が聞こえた。

座り込んだまま、視線だけを向けると、七、八歳くらいの女の子だった。

「お腹《なか》、すいてるんですか？」

「……ん」

少し迷ってから、アルーレはこくっと頷《うなず》いた。

女の子はおそるおそる、近づいてくると、目の前にパンを差し出してくる。

「……」

「えっと、どうぞ、食べてください」

「……いいの？」

アルーレは女の子の服装を見る。裕福な家庭の子供には見えなかった。

「困った人を助けなさいって、フレニア院長が」

女の子はにこっと微笑《ほほえ》んだ。

「……ありがとう」

アルーレはパンを受け取り、細かくちぎって口にした。

「あ、お水……」

「水は大丈夫よ」

アルーレは水筒を取り出すと、パンを水で流し込んだ。

胃がぐるりと蠕動《ぜんどう》するのを感じる。

「ありがとう、助かったわ」

「あの、よかったら、孤児院にいらっしゃいますか？」

「そこまでお世話になるわけにはいかないわ」

と、アルーレは首を横に振る。

迷惑をかけるわけにはいかない。

アルーレはゆっくりと立ち上がった。

──と、その時。

「そこでなにをしている！」

鋭い声と共に、路地の入り口に複数の人影が現れた。

「……っ⁉」

物盗りの類いではない。

青を基調とした制服に身を包んだ、聖剣使いたちだ。

この都市の治安維持を担当する者たちだろう。

「む、貴様、エルフか──」

リーダーとおぼしき青年が、眼差《まなざ》しを鋭くした。

「……」

「市民登録証を見せろ」

アルーレの体を無遠慮に眺めまわし、高圧的な態度で言ってくる。

「違うの、この人は、お腹《なか》をすかせていて……」

「棄民《きみん》が、貴族の私に指図をする気か？」

青年は少女を一瞥《いちべつ》すると、無遠慮に距離を詰めてきた。

アルーレはローブを脱ぎ捨てると――

その手に魔王殺しの聖剣〈クロウザクス〉を呼び出し、睨《にら》みすえた。

「あなたは下がってて――」

と、後ろの少女に向けて言う。

（……相手は三人、練度はそこそこだろうけど）

身のこなしを見れば、おおよその実力は推し量れる。

勇者と呼ばれたアルーレの敵ではない。

廃都で刃《やいば》を交えた、青髪の少女には遠く及ばないだろう。

しかし、今の彼女は立っているのもやっとの状態だ。

それに、勇者が人間を殺すわけにはいかない。

「――抵抗するかっ、聖剣起動！」

リーダーの青年の手に大型の両手剣が現れた。

にやり、と唇の端をゆがめる。

「少々手荒になるぞ、小娘っ――」

振り下ろされた剣を、アルーレは〈クロウザクス〉の刃《やいば》で弾《はじ》く。

「……っ、離れなさい！」

背後の少女に向かって、もう一度叫んだ。

「お姉《ねえ》さん……」

「邪魔よ、早く――」

背後で足音の遠ざかる音が響く。……これでいい。

剣を構えたまま、アルーレは後方に跳躍した。

――と、その時。

カラン、と足下になにかが投げ込まれた。

(……っ、爆弾？　いえ――)

シュウウウウウウウウウウウウウウ！

投擲《とうてき》された缶は白い煙を激しく吹き出した。

「な、なんだ？　スモーク弾だと!?」

混乱する聖剣士たち。たちまちあたりは真っ白な煙に包まれる。

(……な、なに？)

アルーレがけほけほと咳《せ》き込んでいると、

コトン、と音がして、足下のマンホールの蓋が開く。

「……っ⁉」

「こっちよ、助かりたいなら、来て――」

顔をフードで隠した少女が、マンホールの中で手招きしていた。

「あなたは――」

「早くしなさい」

フードの少女が急《せ》かすように言う。

都市警報が鳴り響き、路地の外から複数の靴音が迫ってくる。

アルーレは覚悟を固め、マンホールの中に身を投じた。

第二章 〈魔王〉ゾール・ヴァディス

Demon's Sword Master of Excalibur School

「そういえば、あのエルフの女の子は見つかっていないのよね」

昼休み。図書館へ向かう道を歩きつつ、リーセリアがふとそんなことを口にした。

「ええ、フィーネ先輩が探してくれてはいるんですけどね」

「市民登録もしていないのに、どうしているのかしら」

リーセリアとレギーナ、二人が話しているのは、〈第〇三戦術都市《サード・アサルト・ガーデン》〉で保護した、とあるエルフの少女のことだ。

聖域の勇者――アルーレ・キルレシオ。

彼女はこの都市に到着した途端に、隙を見て逃げ出したのであった。

市民登録をする前であったため、今もその足取りを追うことはできていない。

レオニスも、彼女の行方は気がかりではあった。

あのエルフの勇者は、レオニスの師であった〈六英雄〉の剣聖シャダルク・サーベインの弟子であり、つまりはレオニスの妹弟子、ということになる。

〈魔王殺しの武器《ジ・アーク・セヴンス》〉のひとつ、斬魔剣〈クロウザクス〉を持つ彼女は、戦場で何度も〈不《アン》死者《デッド》の魔王《キング》〉の命を狙ってきたものだ。

（……まあ、俺の相手にはならなかったが）

そんな勇者が、なぜこの時代にいるのか——？

おそらくは、聖域の長老樹の差し金だろう。一〇〇〇年後の未来に〈女神〉が転生するのを察知して、刺客を送り込んできた——と、そんなところか。

（……まあ、たいした脅威ではないし、今は捨て置いてもいいだろう）

あの少女が、ネファケス・レイザードと繋《つな》がっている可能性は極めて低い。

レオニスが〈魔王〉だということもバレていないようだし、適当に泳がせておけば、まあ何かの役にたつかもしれない。

と、そんなことを考えているうち、図書館に到着する。

「それじゃ、手分けして資料を探しましょう——」

リーセリアが勢い込んで言った。

図書館に来た目的は、〈ホーンテッド・カフェ〉設営の参考となる資料探しだ。

要は幽霊屋敷をテーマにしたコンセプトカフェ、というものらしい。

〈フレースヴェルグ女子寮〉の古めかしい外観と幽霊の噂《うわさ》を逆手にとり、あえてその雰囲気を楽しんでもらおう、という趣向のようだ。

アンデッドの跋扈《ばっこ》していたレオニスの時代には、あえて恐怖を楽しむ、という倒錯した嗜好《しこう》はなかったはずだ。

ここ数百年の間に、人類はそのような娯楽を嗜《たしな》むようになったのだろう。

(……まったく、わからぬものだ)

苦笑して、レオニスは上を見上げた。

並び立つ書架の間を、青白く輝く梟《ふくろう》のような〈精霊〉が飛び回っている。

あの精霊たちは司書の役割をはたしているようだ。

(俺の〈図書館〉にある本を貸し出してもいいが……)

なにしろ、所蔵されているのが本物の魔導書であるため、読んだだけで正気を失う可能性があった。それはまずい。

「持ってきましたよ――」

と、ほどなくして、レギーナが本をどっさり持ってきた。

とある事情により精霊を使役できる彼女は、飛び交う梟の精霊に頼んだのだろう。

「結構、いろいろあるんですね……」

彼女の持ってきた本には、古今の伝承に出てくる怪物の姿が描かれていた。

スケルトン、動く死体、幽霊、吸血鬼《ヴァンパイア》――

古代の遺跡で発掘される資料を元に、想像で描かれたものだ。

……ところどころ、間違った解説があるのを、レオニスは目ざとく発見する。

たとえば、〈死の影《デス・シャドウ》〉は人の命を喰《く》らうとあるが、それは〈魂食い《ソウルイーター》〉だ。

まあ、姿形はよく似ているので、後世の人間が間違えるのも無理はない。

ただ、中には寛大なレオニスでも許容できない記述もあった。

〈エルダー・リッチ〉はあらゆるアンデッドの支配者である、などと書かれている。

（……愚か者め。〈不死者の魔王《アンデッド・キング》〉は、俺ただ一人であろう）

「レオ君、どうしたの？」

「いえ、なんでもありません、ちょっと気になったもので――」

レオニスはこほんと咳払《せきばら》いした。

「お嬢様、〈吸血鬼《ヴァンパイア》〉って怖いですね。血を吸って、眷属《けんぞく》を生み出すそうですよ」

「……そ、そう、怖いわね」

本をめくりながら呟《つぶや》くレギーナに、あさってのほうを見て答えるリーセリア。

「でも、本だとあんまり参考になりませんね」

「そうね。もっと直感的に、わかりやすい資料はないかしら……」

「それなら、映像はどうです？」

「……映像？」

リーセリアが訊《き》き返すと、

「はい。こっちも、いっぱい借りてきました！」

レギーナはじゃんっ、とホラー作品の映像ソフトを机の上にのせた。

そのパッケージを見て、リーセリアの顔が引きつった。

「えっと……こ、怖くない？」

「はい、怖そうなのを選んできました」

「レギーナ、一緒に観《み》てくれる？」

「わたしは、このあと射撃訓練がありますので」

肩をすくめるレギーナ。リーセリアはレオニスのほうに視線を向けて、

「レオ君、一緒に観て！」

「はあ、構いませんけど……」

「だめですよ、お嬢様。十二歳未満の子供には、閲覧制限がかかってます」

「ええっ⁉」

「それじゃあ、しかたないですね」

……アンデッドがアンデッドを怖がるのも問題だ。可哀想《かわいそう》だが、ここは将来、〈不死者の軍団〉を任せるためにも、耐性を付けておいてもらおう。

「レ、レオ君の意地悪……！」

リーセリアが涙目になった、その時。

制服のポケットの中で、小型端末が鳴った。

「ちょっと、すみません……」

断りを入れ、レオニスは端末に目を落とす。

呼び出しの主は、レオニスの配下の〈狼魔衆《ろうましゅう》〉だ。

緊急事態以外では、直接〈魔王〉を呼び出すことは禁じているはずだが――

（……ということは、なにかあったか？）

レオニスは端末をしまうと、

「すみません、急用を思い出しました」

「え、ちょっと、レオ君？」

涙目のリーセリアが、あわてて呼び止めるが――

レオニスは図書館の外に出ると、自身の影の中に素早く飛び込んだ。

◆

〈影の回廊〉を渡り、レオニスは〈魔王宮殿〉に、一瞬で転移した。

本来、回廊を自在に行き来する能力は、〈影の王国《レルム・オヴ・シャドウ》〉に属するブラッカスやシャーリしか持ち得ぬものだが、魔術の極みに到達したレオニスは、限定的ながら、この回廊を自在に行き来する力を得ていた。

〈第〇七戦術都市《セヴンス・アサルト・ガーデン》〉亜人特区。広大な〈人工自然環境《ビオトープ》〉を有するこの区画は、樹木による海水の濾過《ろか》と都市の食糧生産を一手に担っており、獣人やエルフなど、都市外で救出された多くの亜人の棄民《きみん》が住む区域だ。

その〈亜人特区〉の地下第七階層。

無数の樹木の根に囲まれた、広大なドーム型の空間である。本来は食糧と資材の備蓄倉庫であったものを、レオニスが勝手に接収し、〈魔王軍〉の拠点とした。

(……今は殺風景だが、いずれ魔王の居城に相応《ふさわ》しいものに改装するとしよう)

レオニスは設《しつら》えた骨の玉座に座った。

以前、女子寮の自室を骨のアートで飾り立てた時は、リーセリアに怒られてしまったが、ここなら、好きなように改装してもかまわないだろう。

「――〈幻魔の外套《イリュージョニスト・クローク》〉」

呪文を唱えると、レオニスの姿は闇の霧に包まれた。

霧が晴れたそこに現れたのは、漆黒のローブを身に纏《まと》う、髑髏《どくろ》の王。

この姿のレオニスは、〈魔王〉――ゾール・ヴァディスを名乗っている。

ゾール・ヴァディスというのは、〈女神〉と〈八魔王〉が現れる以前に地上に君臨していた、旧時代の〈魔王〉の名だ。

その魔王を滅ぼしたのは、勇者であった頃のレオニスである。レオニスが偽名としてこの名を名乗るのは、旧時代の魔王に対する、レオニスなりの敬意だった。

「我は魔王——魔王ゾール・ヴァディス」

声が変化していることを確認すると、レオニスはこほんと咳払《せきばら》いをして、

「入るがいい——」

と、広大な空間に殷々《いんいん》と声を響かせた。

空間を閉ざすように絡み合った樹木の根が、門のように開く。

と、その門の向こう側に恭《うやうや》しく跪《ひざまず》く二つの影があった。

「〈獣人軍〉師団長、ザリック・マシェド、ここに」

「〈妖精軍〉師団長、レーナ・ダークリーフ、ここに」

大柄な獣人と闇エルフの少女。

二人は、レオニスの組織する〈狼魔衆《ろうましゅう》〉の幹部たちだ。

「——我を召喚するとは、何事か」

魔王の声が空気を震撼させた。

「も、申し訳ございません、魔王陛下。我々の手に負えぬ事態が発生してしまい——」

ダークエルフの少女が、額に汗を浮かべつつ言った。

「〈魔王城〉の地下迷宮に、魔物が現れました」

「なに？」

レオニスは〈狼魔衆〉が身を隠すための場所として、地下迷宮を創造した。

〈地下迷宮創造《クリエイト・ラビリンス》〉の呪文は、この世界のどこかに迷宮を自動生成し、そこへ転移する専用の〈門〉を造り出す、というものだ。

しかし、迷宮に怪物が現れるのは、なにもおかしなことではない。

迷宮とは、冒険者の魂を喰《く》らうことで自己成長をするもの。呪文の効果によって自然に生み出される魔物は、〈狼魔衆〉の訓練を兼ねている。

地下迷宮の成長速度は遅く、手に負えないほど強力な魔物は発生する確率は低い。

「どんな魔物だ？」

震え上がる少女に、魔王が問い掛けると、

「巨大な……そう、巨大なトカゲです！」

「なんだと？」

レオニスは思わず、玉座から立ち上がりそうになった。

「まさか、ドラゴンだと？　見間違いではないのか？」

「わ、わかりません。ただ、とんでもなくデカイ奴《やつ》で――」

「……」

呪文で生み出した地下迷宮の成長速度を考えれば、わずか数週間でドラゴンが発生することは考えられない。せいぜいが、スケルトンとか、その程度だろう。

するとあり得る可能性は――

（……繋《つな》がった、か？）

地下迷宮は、この世界のどこかにランダムに出現する。

地下に住むドラゴンの巣穴と偶然繋がった、という事故の可能性もなくはない。

（しかし、俺の時代の魔物は絶滅したと思っていたが——）

もしかすると、地下に眠っていたものは、まだ生き残っているのだろうか。

「その魔物は、暴れているのか？」

「いえ、眠っているようです」

「——わかった。ともかく、向かおう」

頷《うなず》くと、魔王ゾール・ヴァディスは、ゆっくりと玉座から立ち上がった。

◆

地下通路に設置された〈門〉をくぐり、レオニスは〈地下迷宮〉に転移した。
迷宮の第一階層には魔物は出現しない。
主に〈狼魔衆《ろうましゅう》〉の食糧と武器が保管されている空間だ。
レオニスの〈影の王国《レルム・オヴ・シャドウ》〉にも、アーティファクトを保管する宝物庫はあるのだが、
これ以上、物を増やすと、管理者のシャーリに怒られてしまう。

「それで、そのドラゴンは地下何階層で見つかったのだ？」

「は、第五階層の未探索区域に――」

と、ダークエルフの少女が答える。

「地下五階か。では、こんなものかな――」

レオニスはスッと下に手を向けると、

「――〈地烈衝破撃《グラス・ガルド》〉！」

ズオオオオオオオオンッ！

威力を調整し、地属性の第八階梯《かいてい》魔術を叩《たた》き込んだ。

迷宮が鳴動し、目の前にぽっかりと巨大な穴が口をあける。

「ま、魔王陛下……？」

「地下五階まで、天井をぶち抜いた。迷宮を降りるのは面倒だからな」

後ろで腰を抜かす二人に、そう告げるレオニス。

本格的に成長した迷宮ではこうはいくまいが、地下五階程度のダンジョンに、高位の破壊魔術を跳ね返すほどの強度はない。

まあ、この穴も数日もすれば魔力で自然に塞がるだろう。

「――さあ行くぞ、案内しろ」

「は、ははっ……！」

レオニスは呪文で重力の力場を発生させ、三人を包み込んだ。

ふわりと浮き上がり、真っ暗な穴の中に降りていく。

「ひいいいいい！」「ま、魔王陛下、浮いてます⁉」

怯《おび》える二人の〈狼魔衆《ろうましゆう》〉幹部をよそに、レオニスは密《ひそ》かに心を躍らせていた。

（ドラゴンか。火竜か、雷竜か、どの種類のドラゴンだろうな――）

レオニスは魔物の中でも、とりわけドラゴンが好きだ。

あらゆる魔物の頂点に君臨する、天空の覇者。

誇り高く、強大な力と高い知性を有している。レオニスが使役している〈屍骨竜《スカルドラゴン》〉も、生前は多くの竜をしたがえる強大なドラゴンロードだった。

（生きたドラゴンは滅び絶えたと思ったが――）

地下深くでは、まだ生き残りがいたのだろうか。

グオオオオオオオッ！

と、暗い穴の底で、なにかの咆吼《ほうこう》する声が響き渡った。

「魔王様、先ほどの爆発で、眠っていたドラゴンを起こしてしまったのでは？」

ザリックが不安そうな声で言った。

「目覚ましがわりだ。ちょうどよかろう――」

たっぷり5分かけて、穴の底に降り立った。魔杖《まじよう》の先端に明かりの炎を灯《とも》すと、ザリックとレーナに案内させ、迷宮の中を進んだ。

先ほど聞こえた咆吼が、どんどん近づいてくる。そして――

ドオオオオオオオオオオンッ！

突然、石壁をぶち破り、巨大な顎門《あぎと》が現れる。

「……っ!?」

目を見開くレオニス。

その頭部の大きさは、ゆうに五メイルはあるだろう。顎門を上下に開けば、地下迷宮の天井に届きそうなほどだ。

だが、レオニスが驚いたのは、そこではない。

「これは、ドラゴンではないぞ」

「……え？」

魔王の冷静な指摘に、レーナがそんな声をあげる。

（……ただの〈迷宮大長蟲《グレーター・ワーム》〉ではないか！）

髑髏《どくろ》の仮面の奥で、レオニスは失意の声を漏らした。

地の底に生息する大型の魔獣で、地上に出ては、牛などをひと呑《の》みにしてしまう。

強大な魔物ではあるが、知性はなく、もちろん空を飛ぶこともできない。

（まあ、本物のドラゴンを見たことがなければ、見間違えることもあるだろうが）

グアアアアアアアアッ！

グレーター・ワームは怒りの咆吼《ほうこう》をあげ、レオニスたちを呑《の》み込もうとする。

「……っ、ま、魔王陛下！」

「狼狽《うろた》えるな。我を誰だと思っている」

大きく開いた大顎の中に、レオニスは〈封罪の魔杖《まじよう》〉を突き出した。

「──無礼者め、〈爆裂咒弾《ファルガ》〉！」

ズオオオオオオオオオンッ！

真っ白な爆裂球が口腔《こうくう》内で炸裂《さくれつ》し、ワームの頭部を吹き飛ばした。

「おお……」

腰を抜かしたまま、ザリックが感嘆の声を漏らす。

頭部を失ったワームの肢体は、迷宮の壁を破壊して暴れ狂う。

「ま、まだ生きて……？」

「〈迷宮大長蟲《グレーター・ワーム》〉は頭を失ったくらいでは死なん。桁違いの再生力があるからな」

……さて、どうするか、とレオニスは顎に手をあてて思案する。

殺して、その骨を〈アンデッド・ワーム〉にするのも一興だが、よくよく考えてみれば、
ワームの巣に手を出したのは、こちらのほうだ。それに、ワーム程度の知性では、〈不死《アン》者の魔王《デッド・キング》〉に無礼を働くことの意味を理解できなくてもしかたない。

レオニスは肩をすくめると——、
知性のない魔物でもわかるよう、全身から〈死のオーラ〉を放出した。

途端。のたうちまわるワームは、真下の地面を掘って全力で逃げていく。

(〈不死者の魔王〉の寛大さに感謝することだな……)

〈獣王《ガゾス》〉や〈鬼神王〉、〈竜王〉であれば、一瞬で塵《ちり》にされていただろう。

「この程度の恐怖を与えておけば、もう二度と現れることはないだろう」

言って、うしろを振り向くと——

「……っ!?」

ザリックとレーナは〈死のオーラ〉にあてられて、文字通り石化していた。

◆

迷宮の〈門〉をくぐり、拠点に戻ると、二人の石化を解呪した。
(……まったく、ぬか喜びであったな)
レオニスは、仮面の下で失望の吐息を洩《も》らした。
とはいえ、二人を責めることはしない。ミスをしない、忠実なだけの配下を望むなら、
アンデッドの軍団で十分なのだ。

「すばらしいお力でした、魔王陛下。あの恐るべき怪物を簡単に倒されるとは」

「魔王陛下のお力があれば、この世界を支配することも容易《たやす》いでしょう」

ザリックとレーナが感極まった態度で平伏する。

(……そう簡単なものでは、ないのだがな)

と、一〇〇〇年前の苦い経験を持つレオニスは、内心で苦笑する。

女神ロゼリアと、強大な力を持つ八人の〈魔王〉は、結局は人類に敗北したのだ。

人類を侮ってはならない。個々の能力は脆弱《ぜいじゃく》きわまりないが、種族全体としての生命力は、ほかのどの種族よりも強靭《きょうじん》だ。

この時代でも、人類は〈ヴォイド〉という新たな脅威に対し、〈聖剣〉という力を発現させ、超高度な魔導技術文明の結晶である〈戦術都市〉を造り出した。

(――俺は所詮、一〇〇〇年前の〈魔王〉の一人にすぎん)

故にこそ、慢心を戒め、学院生として〈聖剣学院〉に溶け込んでいるのだ。

(そう、学院生として……)

ふと、レオニスは思い出した。

もうすぐ、対〈ヴォイド〉戦術理論の講義が始まる時間だ。遅刻すれば、担当教官のディーグラッセに何を言われるかわからない。

レオニスは闇の外套《マント》を翻《ひるがえ》し、

「魔物は排除した。あとはお前達に任せよう」

「あ、お、お待ち下さい、魔王陛下」

「なんだ？」

声をかけてくるレーナに、振り向くレオニス。

「魔王陛下に、ご報告がございます」

「……それは、我の耳に入れる価値のある報告か？」

レオニスは、声に少し苛立《いらだ》ちを含ませた。

このままでは講義に遅れてしまう。〈影の回廊〉で移動時間を短縮したとしても、この姿のまま教室の中に出現するわけにはいかないのだ。

「帝都にいる旧〈王狼派《おうろうは》〉の残存勢力よりもたらされた、重大な情報です」

「……聞こう」

「数週間ほど前、〈第〇六戦術都市《ゼクス・アサルト・ガーデン》〉の総督府が、大陸北端にある旧フロストヘイヴン王国の永久凍土に、大規模な調査団を派遣したそうです」

フロストヘイヴン――聞いたことのない名前の王国だ。

レオニスが封印された後に興った国家なのだろう。

「ふむ、それで？」

「調査団は、そこで何かを発掘し、〈第〇六戦術都市〉に持ち帰った、と――」

「何か？」

「確認は取れておりません」

レーナは首を横に振った。

「推測になりますが、永久凍土に封印された〈始原の精霊《ワイルド・エレメンタル》〉ではないかと」

「ほう、なぜそう思う？」

レオニスは興味を惹《ひ》かれ、問いかけた。

〈精霊〉――それは、星や自然の力の具現化した存在だ。特に星の中心で生まれた〈精霊王〉などは、〈神〉や〈魔王〉にも匹敵する力を有していた。

――この時代では、そういった存在は、ほぼ絶滅したようだが。

「調査団のリーダーは、フィレット家の上級研究官であった、とのことです」

（……フィレット家。たしか、エルフィーネ先輩の実家、だったな――）

フィレット社は、〈戦術都市〉の魔導機器を制御するための〈人造精霊《アーティフィシャル・エレメンタル》〉の研究開発をしている帝国企業らしい。

なるほど、調査団に〈精霊〉研究のエキスパートがいた、というわけか。

「その、〈第〇六戦術都市《ゼクス・アサルト・ガーデン》〉に運び込まれたのが、封印された〈始原の精霊〉だとすれば、それを奪うことができれば、戦術都市の中枢を支配ことも出来るかと」

「……なるほど」

たしかに、王族専用艦〈ハイペリオン〉は、アルティリア王女の使役する〈カーバンクル〉によって制御されていた。その〈始原の精霊〉を手に入れることができれば、あるいは、この都市を支配下に置くことも可能かもしれぬ。

「〈第〇六戦術都市〉の連結は、精霊を奪取する絶好の機会かと思われます」

「魔王陛下、我等《われら》に奪取のご命令を――」

片膝をつき、深々と頭《こうべ》を垂れるレーナとザリック。

レオニスは少し考えて――

「〈精霊〉の奪取――たしかに、一考に値する計画かもしれぬ」

「おお、では――」

と、ザリックが面を上げる。

レオニスとしても、精霊には興味のあるところだ。高位の精霊であれば、一〇〇〇年の時を生きている可能性もあるだろう。しかし――

（……無謀だな、あまりにも）

ここにいるのは、戦闘訓練もろくに受けていない、テロリスト崩れだ。

〈聖剣学院〉の中で訓練をしているレオニスはわかる。通常の武器では、〈聖剣〉使いの力には太刀《たち》打ちできない。強奪計画など、まず不可能だ。

無論、レオニス自身が奪取することは可能だろうが、その場合、これまで隠し通してきた正体が露見するリスクがある。

（そもそも、運び込まれたのは、本当に〈始原の精霊《ワイルド・エレメンタル》〉なのか？）

……確証はない。動くにしては、あまりに情報が足りなさすぎる。

いずれ手に入れるにしろ、今はその時ではあるまい。

一〇〇〇年前の敗北を経て、レオニスは慢心を退け、慎重さを身に着けたのだ。

「その情報は、心にとどめておこう。だが、今は――」

と、その時だった。

軽快な端末の音が、地下空間に響き渡った。

（……っ⁉）

ディーグラッセ教官の着信だ。

レオニスはあわてて外套《マント》を翻《ひるがえ》した。

「ま、魔王陛下、どうなされたのですか？」

「混沌《こんとん》の闇に還《かえ》るときが来たようだ。お前達は万事、準備を整えておけ」

「「ははっ……！」」

深々と平伏する、人狼族《じんろう》とダークエルフの少女を背に――

レオニスは、あわただしく〈影の回廊〉に飛び込むのだった。

◆

「シャルロットちゃん、お砂糖を入れすぎよ」

「……？　甘い方がおいしいのでは？」

「それじゃあ、焦げちゃうわよ」

呆《あき》れたように肩をすくめる、先輩の少女。

シャーリは生地を混ぜる手をとめ、むむ、と唸《うな》った。

（……そう簡単にはいかないようですね）

最近、シャーリがアルバイトを始めた、お菓子の店である。

シャルロットというのは、もちろん偽名だ。シャーリは市民登録証を持たないので、面接の時に、〈支配〉の魔眼を使わせてもらった。

（このような身分のあったほうが、なにかと便利ですので――）

というのは、アルバイトを始めた理由の一つでしかない。お菓子をつまみ食いできるというのも大きな魅力ではあるが、それだけでもなかった。

シャーリがお菓子のお店で働く、本当の理由はといえば――

（……魔王様、喜んでくださるでしょうか）

レオニスに、手作りのお菓子を食べてもらいたい、というささやかな願いだ。

転生する前のレオニスは、食事を必要としない不死者《アンデッド》だった。

ゆえにシャーリは、魔王の専属メイドという立場にありながら、料理の腕をまったく磨いてこなかったのである。

しかし、今のレオニスは食事のできる身体《からだ》になった。

ことに、十歳の子供の舌は、甘くておいしいお菓子を好むようだ。

あの新たな眷属《けんぞく》となった少女、リーセリア・クリスタリアに負けないためにも、シャーリはお菓子作りの腕を磨く必要があるのだ。

魔王の専属メイドは、ほかでもない、彼女だけなのだから。

そんなわけで、お菓子作りに励むシャーリだったが、なかなか上達しない。

（……敵の背中にナイフを突き立てるほうが、はるかに簡単です）

失敗作となったクッキーの山を恨めしげに見下ろしつつ、ため息をつく。

「〈聖灯祭〉の当日には、たくさんのお客様が来るわ。頑張ってね」

先輩パティシエの言葉に、こくっと頷《うなず》くシャーリ。

先輩の作っているお菓子は、フルーツをたっぷり練り込んだスポンジケーキだ。

シャーリの生まれた〈影の王国《レルム・オヴ・シャドウ》〉には、色の概念が存在しなかった。

だから、色鮮やかなケーキを見ているだけで、心が弾む。

そんな感情も、組織の暗殺者であった頃は、知らなかったものだ。

シャーリ・コルベット・シャドウアサシン。

〈影の王国〉の暗殺組織〈七星〉の殺戮《さつりく》兵器。

〈不死者の魔王《アンデッド・キング》〉の暗殺を七度試みて、七度とも失敗した。

思えば、完全に遊ばれていたのだろう。魔王は彼女の命を奪おうとはしなかった。

七度目の暗殺で、組織に自爆を命じられた時も、レオニスはシャーリの心臓に埋め込まれた〈死爆呪《しじゅ》〉を、その圧倒的な魔力で消し去ったのだった。

後にその理由を訊《たず》ねたとき、レオニスはこう言った。

――お前は、昔の俺と同じだからな、と。

そして、組織に捨てられたシャーリを、彼は専属のメイドにした。

影の暗殺者の世界に、初めて色が生まれたのだ。

（わたしの心も、色も、全部、魔王様がくれたもの。だから――）

と、そんな物思いに耽《ふけ》っていると――

「えっと、シャルロットちゃん、これは？」

パティシエの少女が訝《いぶか》しげな顔で訊《き》いてくる。

見れば、クッキーがすべて髑髏《どくろ》の形になっていた。

（……ハッ、魔王様のことを考えていたら、手が勝手に動いていました！）

◆

「……～っ、もう、レギーナってば、あんなものを見せるなんて」

寮の部屋に戻ったリーセリアは、図書館で借りた本をドサッと机に積み上げると、恨めしげな声を漏らした。

あの後、レギーナのセレクトしたホラーものの映像ソフトを一人で観《み》たのだが、最初の数十分で怖くなり、ギブアップしてしまった。

「レオ君も、どこかへ行っちゃうし――」

まあ、レオニスが勝手に姿を消すのは、よくあることなのだけど。

(帰ってきたら、一緒に観てもらうわ。一人じゃなければ、怖くないもの)

うんうんと頷《うなず》きつつ、資料の本を整理する。

おおまかなメモは図書館で取っておいたので、明日にでもエルフィーネたちと共有することができるだろう。

(……これの解読も進めなきゃ、ね)

と――

資料の整理を終えたリーセリアは、机の引き出しを開け、一冊の本を取り出した。

タイトルの記載されていない、革表紙の本。

クリスタリア公爵の書斎の机に置かれていた、あの本だ。
実家の屋敷から持ち出すことのできた、唯一の形見。
本を損ねないよう、慎重にページをめくる。
記されているのは、古代言語にくわしいリーセリアも知らない、未知の言語だ。
たとえば、エルフの言葉と人類の言葉は、差異はあるものの共通の特徴が存在する。
しかし、この本に書かれている言語は、まったく違う世界の言葉のようだ。
なぜ、この妙な本が、最後の日に机の上に置かれていたのか。
(……お父様の魂に、会うことができればよかったのだけど)
解読の鍵は、本の表紙の裏に挟まれていた、十一枚の紙片だ。
父の筆跡で書かれた、対訳のメモだった。
リーセリアはこのメモを使い、少しずつではあるが、本を読み進めている。
「これは、魔王と……英雄、そして――の、滅亡、の――」
本の中に、何度も繰り返し出てくる単語。
それは、〈魔王〉という言葉だ。
「魔王……」
リーセリアが子供の頃、父がよく、お伽噺《とぎばなし》をしてくれた。
そのお伽噺の中に出てくる、世界を滅ぼしてしまう恐ろしい存在。

「──魔王の一柱、天空を統べる、その名は──ヴィ……オラ……不死なる、レ……ナス……？　ああ、もう、固有名詞はどう読むのかしら──」

異言語で記された本を前に、リーセリアは頭を抱えるのだった。

◆

──〈第〇六戦術都市《ゼクス・アサルト・ガーデン》〉対虚獣対策研究所。地下十一階層。

隔壁によって閉ざされた、その区画の最深部に──

旧フロストヘイヴン王国領より運び込まれた、巨大な氷塊が格納されていた。

四十メイルほどもあるその氷塊は、都市の大型シャフトを利用したこの施設でなければ、運び込むのは不可能だっただろう。

氷塊は、いまなお冷気を放ち続け、封印区画の壁を霜で凍り付かせている。

通常の炎はおろか、対ヴォイド用の攻撃爆雷、強力な炎の〈聖剣〉でさえ溶かすことのできない、呪氷《じゆひよう》の封印だ。

それが、いかなる経緯で封印されたのか、誰も知らない。

氷塊の中に封印された、巨大生物──

「まるで生きているようですな、フィレット研究官」

「生きているのよ。この永遠の氷の中で、一〇〇〇年もの間、ね――」

スーツ姿の男に答えたのは、白衣を着た、美しい黒髪の女だ。

クロヴィア・フィレットは端末のデータを確認しながら、続けて言う。

「いまはまだ、眠っているだけ――」

「太古に滅びた古代生物〈ドラゴン〉の生体。その力の源を解析できれば、皇弟殿下もフィレット伯爵も、さぞお喜びになるでしょうな」

「……そうね」

と、クロヴィアは冷たい声で頷《うなず》く。

この男は、フィレット社のお目付役だ。

娘であるクロヴィアの行動を見張り、逐一父に報告している。

あの人の姿をした化け物は、なにもかもを支配できると思っている。

この太古の超越存在さえ、自分のものにできると――

「――いやあ、壮観ですねえ」

カツン、カツン、と靴音を立てて――

通路の奥から、純白の聖服に身を包んだ、白髪の青年が姿を現した。

「ネファケス枢機卿《すうききよう》、なぜこのようなところに？」

クロヴィアは眉を顰《ひそ》めた。

この男は、帝都の〈人類教会〉より派遣された枢機卿《すうききよう》だ。

〈人類教会〉とフィレット伯爵家の関係は、あまりよくない。

この男もまた、フィレットの娘である彼女を監視するために来たのだろうか。

(……みんな仕事熱心なことね)

胸中で嘆息しつつ、クロヴィアは唇の端を歪《ゆが》める。

「これが、永久凍土で発掘した古代生物ですか。いやいや、素晴らしい」

青年は巨大な氷塊を見上げて、にこやかに笑った。

それから、クロヴィアのほうを向くと、

「論文を読ませていただきました。あなたは〈ヴォイド〉の正体を、星の力によって甦《よみがえ》った古代生物である、という仮説をたてておられましたね」

「ええ。数十年前までは、〈ヴォイド〉は未知の次元より現れる異次元生命体である、との説が有力でしたが、近年の本格的な発掘調査によって、〈ヴォイド〉の多くが、古代生物の特徴を備えていることがわかってきました。まるでお伽話から飛び出した悪夢、この標本を解析すれば、〈ヴォイド〉に関する研究はより進むことでしょう」

「本当に、そう願っていますよ。あなたの研究が、人類に与えられたこの星から〈虚無〉を消し去る一助になることを――」

青年は穏やかな微笑を浮かべて、頷《うなず》いた。

「人類に星の祝福あれ」

「……人類に星の祝福あれ」

慣例通り〈人類教会〉の聖句を返すと、クロヴィアは踵《きびす》を返した。

◆

「――クロヴィア・フィレット。興味深い人間ではあります、ね」

研究官たちが立ち去って――

誰もいなくなった封印区画に一人立ち、青年は呟《つぶや》いた。

「あるいは彼女も〈女神〉の器たり得るかもしれませんが、さて――」

と、眼前にある巨大な氷塊を見上げる。

「ここにおわしたのですね、いと高き王の中の王たるものよ――」

恭《うやうや》しく跪《ひざまず》くと、懐から、黒い三角錐《すい》の石を取り出した。

まるで、虚無を削り取ったかのような、光を反射しない石。

――〈虚無の根源《トラペゾヘドロン》〉。

それを捧《ささ》げ持つと、彼はこの世界のものではない言葉を呟きはじめた。

三角錐の石から溢《あふ》れ出した虚無が、氷塊を侵してゆく。

決して砕けることのない、永遠の呪氷《じゅひょう》の中に――

「貴方様《あなたさま》が、器にふさわしい存在であることを、願いますよ」

ネファケス・レイザードは静かに立ち上がり、背後の闇を振り返る。

誰もいない――否、闇の中で蠢《うごめ》く影があった。

「――〈影魔〉たちよ」

『ここにおりますれば――』

殷々《いんいん》と重なるような声が響きわたった。

「君たちに、少し頼みたいことがあるんだ」

『なんなりと、司祭殿』

「〈第〇七戦術都市《セヴンス・アサルト・ガーデン》〉の〈聖剣学院〉という場所で、人を探して欲しいんだ。いや、人ではないな、探してほしいのは――〈吸血鬼《ヴァンパイア》〉だ」

『……〈吸血鬼〉。この時代に、まだそのような存在が？』

「ええ、私も少し驚きました。まあ、君たちみたいなのもいますし、ね」

『グブブ……たしかに』

闇に蠢く、蜘蛛《くも》のような姿をした影が、おかしそうに嗤《わら》った。

〈影魔〉は、ネファケスの主《あるじ》が召喚した、魔族の暗殺者だ。

〈影の王国《レルム・オヴ・シャドウ》〉の暗殺組織〈七星〉に所属した抹消者。

獲物を追い立てるのに、これ以上に向いた者たちはいない。

『その〈吸血鬼〉、殺すのですか？』

「いや、拷問して情報を得たい。殺してもいいけど、滅ぼしてはだめだよ」

ネファケスは穏やかに微笑して首を振る。

廃都にいた、あの〈吸血鬼〉の少女。あの少女は間違いなく、ティアレス・リザレクティアの消滅に関わっているはずだ。

「――とても美しい、白銀の髪の吸血鬼を、私のもとに連れてきておくれ」

第三章　忍び寄る影魔

Demon's Sword Master of Excalibur School

夕刻。講義を受け終えたレオニスが、寮の部屋に戻ると――

「……なんか、すごいことになってますね」

カラフルな布が、床に大量に散乱していた。

「あ、レオ君、お帰りなさい」

「わたしもいますよ、少年」

ミシンの前に座るリーセリアとレギーナが、レオニスのほうを振り向く。

「衣装のデザイン、決まったんですか？」

「いろいろ資料を見たけど、やっぱり可愛《かわい》いほうがいいわよね」

「ううっ、せっかく資料を集めたのに……」

「あんな怖い衣装で出迎える喫茶店、誰も来ないわ」

「それはそうですけど……」

「なにはともあれ、決まったようでよかったです」

カタカタと部屋に響くミシンの音。

メイドのレギーナはともかく、リーセリアが服を作れるのは意外だった。

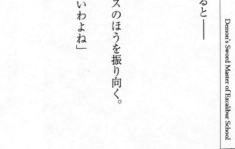

（……二人とも、器用なものだな）

と、妙に感心しながら、レオニスはポットにお湯をそそぐ。

「お茶を淹《い》れますよ。僕の好きな茶葉でいいですか？」

「ありがとう、レオ君」

コンロに魔力を通し、湯を沸かす。

準備するのは、フレーバーで香り付けした安物ではなく、高級な茶葉だ。

以前、属国の貴族に献上されたものが、〈影の王国《レルム・オヴ・シャドウ》〉の宝物庫に残っていたらしい。

シャーリの選んだものなので、間違いはないだろう。

（不死者《アンデッド》の身体《からだ》であった頃は、茶葉など献上されても困ったものだったが……）

パラパラと雨音がした。

窓の外に目を向けると、小雨が降ってきたようだ。

「〈聖灯祭〉当日は、晴れになるようですね」

「よかった。雨の日は髪がセットしにくいのよね……」

「わたしがセットしてあげますよ」

「あの、どうして明後日《あさって》の天候がわかるんです？」

ティーストレーナーに茶葉をセットしつつ、レオニスは振り向いて訊《たず》ねる。

「学院の管理局が、未来視のできる〈聖剣〉使いを集めているの。普段は〈ヴォイド〉の

〈巣《ハイヴ》〉の探索任務に携わっているんだけど、〈聖剣〉の能力開発訓練を兼ねて、天候予測をさせていたりもするのよ」

「未来視、ですか……そんな〈聖剣〉もあるんですね」

と、口にしながら、レオニスは疑問に思う。

「その未来視では、〈ヴォイド〉の〈大狂騒《スタンピード》〉や、〈ハイペリオン〉の事件を予知することはできなかったんですか？」

「予知といっても、ものすごく抽象的な能力なの。ほかの解析系の〈聖剣〉――たとえば、フィーネ先輩の〈天眼の宝珠《アイ・オヴ・ザ・ウィッチ》〉で得たデータと組み合わせて、ようやくなにか意味のある事象を読み解けるとか、そんな感じらしいわよ」

「軍の中では、有効性を疑問視する声もありますしね」

（……なるほど。星読みのようなものか）

途端にレオニスは興味を失った。

〈女神〉ロゼリアのような、運命を垣間見《かいまみ》ることのできる未来視の権能とは、比ぶべくもないようだ。

「晴れるといいわね」

「そうですね」

と、相槌《あいづち》を打ちつつも、じつのところ、レオニスはあまり天候を気にしたことはない。

魔王であった頃は〈死都《ネクロゾア》〉の〈デス・ホールド〉に籠もっていたし、第八階梯《かいてい》の魔術を使えば、それこそ戦場の天候を操作することもできたのだ。

（……そういえば、奴《やつ》はいつも大嵐と共に現れたな）

ふと、レオニスは昔のことを懐かしく思い出した。

レオニスと同格の〈八魔王〉の一人。

大嵐の支配者と呼ばれた、〈竜王〉――ヴェイラ・ドラゴンロード。

（奴が戦場に来るときは、わかりやすかったものだ）

ふっ、と口の端を緩めて微笑しつつ、レオニスは茶葉にお湯をそそいだ。

ふわっ、と心の安らぐような薫りが鼻腔《びこう》をくすぐる。

――と、その時。

湯気で曇った窓の外に、見覚えのある人物が歩いてくるのが見えた。

二頭の氷狼《ひょうろう》を連れた、プラチナブロンドの髪の少女だった。

◆

「よくお聞きなさい、執行部のお達しですわ！」

〈フレースヴェルグ寮〉の玄関前で。

フェンリス・エーデルリッツは、プラチナブロンドの髪をかき上げた。

「なにしにきたのよ、フェンリス」

「まあまあ、お嬢様。中で温かいお茶はいかがです、フェンリス様」

「……いいえ。お気遣いなく、ですわ」

フェンリスは丁重に断ると、一枚の紙をリーセリアの前に突き付けた。

「〈聖灯祭〉の出し物の提出用紙？」

「そうですわ。第十八小隊は、例年と同じ、喫茶店で届け出ていますわね」

「え、ええ、そうだけど……なにか問題でも――」

「大問題ですわ、そこの子供――」

フェンリスは、リーセリアの後ろにいるレオニスをビシッと指差した。

「レオ君がどうしたの？」

「彼も、喫茶店で接客をするのでしょう？」

「え、ええ、そうよ――」

「わかっていますの？　ここは女子寮。その子供は、まだ幼くて、保護者が必要ということでしたから、特例で入寮を許可されているんですのよ」

「そ、そうだけど……」

「〈聖灯祭〉には、外部のお客様も多くおとずれますわ。執行部としては、風紀が乱れているなどと思われるのは、避けなくてはなりませんの」

「それは、でも……」

痛いところを突かれ、リーセリアは言葉に詰まってしまう。

そう、レオニスがこの寮に住んでいるのは、あくまで特例なのだ。

「その少年が接客をすることは、執行部が許可しませんわ」

腰に手をあて、フェンリスはきっぱりと告げてくる。

「……まあ、そういうことなら、しかたないですね」

と、レオニスは肩をすくめて言った。

「レオ君⁉」

「僕はキッチンで裏方に徹しますよ」

「ええ、それなら構いませんわ」

フェンリスは満足そうに頷《うなず》いた。

「わたくし、べつに意地悪をしたくて言っているわけではありませんのよ」

「わかってます。迷惑をかけるわけにはいきませんから」

「……残念だけど、わかったわ」

リーセリアは少しだけしゅんとなるが――

……元々、あまり表に出るのは苦手なのである。

むしろ、レオニスにとっては、そちらのほうが好都合だった。

と、密《ひそ》かにそんな安堵《あんど》の表情を浮かべるレオニスを——

レギーナが悪戯《いたずら》っぽい微笑を浮かべて見つめていた。

「……レギーナさん？」

「あ、ううん、なんでもありませんよ、少年♪」

レオニスが眉をひそめると、レギーナは誤魔化《ごまか》すように微笑《ほほえ》んだ。

◆

（……まったく、どうしてこうなってしまったのかしら）

森の中にたたずむ廃墟《はいきょ》となった建物。その部屋のベッドの上で——

アルーレ・キルレシオはひと知れず、ため息をこぼした。

街中で、〈聖剣士〉とトラブルになった彼女を救ったのは、レーアと名乗るダークエルフの少女だった。

彼女は親切にも、衰弱死寸前だったアルーレに食事を与え、こうして安全な隠れ家まで用意してくれたのだ。

〈魔王軍〉の手先であったダークエルフは、エルフとは不倶戴天《ふぐたいてん》の敵同士なのだが、一

○○年もの時が流れ、そんな確執は忘れ去られているのだろう。
アルーレも、今更ダークエルフに含むところはない。

それはいいのだが――

（……まさか、彼女が犯罪組織のリーダーだったなんて）

そう、ここは〈狼魔衆《ろうましゅう》〉という、亜人種の組織の隠れ家のようだ。

本人たちは、人類の帝国に対するレジスタンス、などと名乗っているが、実質は中途半端な武装テロリスト集団だ。

（面倒ごとに巻き込まれる前に、早く袂《たもと》を分かった方がいいんだけど……）

しかし、彼女には、そうもいかぬ理由があるのだった。

それは、この組織を統率している者の名だ。

（……〈魔王〉――ゾール・ヴァディス）

〈八魔王〉の時代以前に、世界を支配していた旧〈魔王〉の名だ。

〈八魔王〉と〈六英雄〉の戦いさえ忘れ去られた、この時代の人類が、ゾール・ヴァディスの名を騙《かた》るとは思えない。

（本物のゾール・ヴァディスが、この時代に甦《よみがえ》った、とは考えにくいけど……）

なんにせよ、〈魔王〉の名が出てきた以上、調べないわけにもいかない。

勇者とは、魔王を討つ存在。

そのために、〈魔王殺しの武器《ジ・アーク・セヴンス》〉——斬魔剣〈クロウザクス〉を与えられたのだから。

組織の中で信用を得れば、その魔王に会う機会もあるだろう。

そのためには、彼女の力を示す必要がある。

と、そんなことを考えていると——

「アルーレ、入るわよ」

扉にかけたカーテンを開き、小柄な少女が姿を現した。

利発そうな黒い目をしたダークエルフの少女、レーナだ。

「……なに？」

「あなた、腕には自信があるのよね？」

「……まあ、ね」

「それじゃ、さっそく役にたってもらうわ」

と、レーナは不敵な笑みを浮かべて言った。

◆

フェンリスの訪問の後。自室に戻ったレオニスは、部屋に封絶結界を巡らせた。

これで、誰かが入ってくることはなく、音が外に漏れることもない。

部屋の明かりをつけて影を生み出すと――

「ブラッカス、シャーリよ」

と、友と配下を呼び出した。

「――召喚に応じ、はせ参じました」

シャーリが片膝をついて現れる。

続いて、とぷんと影が揺れ、漆黒の狼《おおかみ》が姿を現した。

「――俺を呼んだか、我が友よ」

「ああ、ブラッカ……ん!?」

レオニスは思わず、声を上げてしまった。

影の王国《レルム・オヴ・シャドウ》の王子は――

全身の毛並みが整えられ、艶《つや》のある輝きを宿していたのだ。

「ど、どうしたことだ、その姿は？」

「トリマーという者に身を委ねた」

「トリマーだと？」

ブラッカスが首を振る。

漆黒の毛並みがふわっとひろがり、フローラルなシャンプーの匂いがした。

「あの剣士の娘に助けられてな」

「咲耶《さくや》か」

聞けば、学園祭前なので、執行部が野良犬を取り締まっていたらしい。

たしかに、狼《おおかみ》が敷地内をうろついているのはまずかろう。

「連中と戯れていたところを、あの娘に見つかった。そして、そのまま町中にある評判の美容院に連れて行かれた、というわけだ」

ふぁさっ。ふぁさふぁさっ。

「……なるほど、いきさつはわかったが」

レオニスは半眼で睨《にら》んだ。

「気に入っているのか？」

「おかげで人間どもに追われなくなった」

ブラッカスが首を振ると、またフローラルな香りが舞った。

リボンもしているので、野良犬と間違われることはないだろう。

「……まあ、満足ならかまわないが」

ブラッカス・シャドウプリンス。

影の王国《レルム・オヴ・シャドウ》の暴帝《タイラント》と恐れられた王族が、これでいいのだろうか。

「シャーリ、報告があるという話だな」

「は――」

シャーリは恭《うやうや》しく頷《うなず》いた。

「影の回廊に不審な痕跡を発見しました」

「なんだと？」

影の回廊は、影の領域の秘術によって生み出された、魔術結界だ。

「都市沿岸部に構築した回廊に、ほころびが見られました」

「ふむ、都市の魔導装置が干渉した、とは考えられないか？」

この戦術都市は、魔導文明の粋を極めた技術が各所に使われている。魔術結界である影の回廊に、なんらかの影響があったとしてもおかしくはない。

「その可能性はたしかにあります」

シャーリは認めた。

「修復はしておきましたが、一応、ご報告をと」

「なるほど……」

戦闘能力ではブラッカスに及ばないが、シャーリの感知能力は高い。

（……もし、それが事故ではなく、何者かの意図であるとすれば——）

エルフの勇者ではないだろう。彼女は影の存在を感知することはできまい。

脳裏に浮かんだのは、〈第〇三戦術都市《サード・アサルト・ガーデン》〉に現れた、あの男だった。

「——わかった。引き続き警戒しておくがいい」

「かしこまりました──」

と、シャーリは頭を下げて──

「……あの、魔王様」

「ん、なんだ、まだなにかあるのか？」

おずおずと切り出したシャーリに、レオニスが訊《たず》ねると、

「は、はい……その、焼き菓子を購入しましたので、魔王様にもご賞味いただければと」

シャーリは影の中から、山盛りのクッキーをのせた皿を取り出した。

「ほう、殊勝な心がけだ。ありがたく貰《もら》うぞ──」

「は、はい、お口汚しかもしれませんが……」

レオニスはクッキーを手に取ると、口の中にほうりこむ。

途端。

「……っ、け、けほけほっ……み、水を……！」

「……～っ、ま、魔王様っ、大丈夫ですか!?」

口の中の水分を一気に奪われ、喉に詰まらせてしまう。

おまけに塩が練り込んであるのか、なぜか塩辛い。

「も、申し訳ございません！」

「けほけほっ……よ、よい、少し驚いただけだ」

レオニスはむせつつも、鷹揚《おうよう》に頷《うなず》いた。

「つ、次は、もっとちゃんと作りますので、それはお捨てください……」

「……シャーリ？」

シャーリは、なんだか消沈した様子で、すすーっと影の中に消えてしまった。

「……」

レオニスはしばし考えたあと――

皿の上のクッキーを、もう一つ摘まんで囓《かじ》った。

……不味い。こんどは中がボロボロだ。

「食べるのか、マグナス殿？」

「せっかく作ってくれたものだ。残さず食べるさ」

訊《たず》ねるブラッカスに頷くと、またべつのクッキーに手をのばした。

◆

夜も更《ふ》けた頃。レオニスが明日の講義の予習をしていると、

「レオ君、まだ起きてたの？」

「少年は頑張り屋さんですね」

なぜか、枕を手にした、寝間着姿のリーセリアたちが部屋に来た。

シャワーを浴びたあとらしく、髪は濡《ぬ》れそぼり、ほのかに湯気が立っている。

「お疲れ様です、セリアさん――」

訝《いぶか》しげに思いつつ、本を閉じるレオニス。

「衣装は無事に出来そうですか？」

「うん、この調子なら、明日には完成するはずよ」

「ふふっ、お披露目《ひろめ》は当日のお楽しみです」

「べ、べつに、楽しみにはしてません」

からかうレギーナから、レオニスはふいっと目を逸《そ》らし、

「ところで、その枕は……？」

と、先ほどから気になっていたことを訊《たず》ねる。

「この枕？　羽毛よ。ふわふわしてて、とっても寝心地がいいの」

ぽふぽふっと枕を叩《たた》くリーセリア。

「わたしはそば殻ですよ」

「いえ、そうじゃなくて、どうして枕なんて持ってるんです？」

すると、二人はきょとんと顔を見合わせて、

「わたしたち、今日はレオ君の部屋で寝ようと思って」

「……っ!?」

レオニスは目を見開いた。

「ど、どういうことですか？」

「寮の下の部屋が、〈聖灯祭〉の大道具で埋まってしまっているんですよ」

レギーナが肩をすくめて説明する。

〈聖灯祭〉の準備中、〈フレースヴェルグ寮〉の下の部屋の一部は、例年、各サークルの道具置き場として貸し出される契約になっているらしい。

第十八小隊はそれを条件にここに住んでいるため、文句は言えないのだそうだ。

「なので、〈聖灯祭〉の期間中、咲耶《さくや》はフィーネ先輩と、私はセリアお嬢様と一緒の部屋で寝ることになったんですけど――」

「私の部屋も、喫茶店の飾り付けと衣装作りの道具で一杯になっちゃって、もう眠れる場所が、レオ君の部屋しかないの、ごめんね」

と、リーセリアが申し訳なさそうに手を合わせる。

「そう、なんですか……」

そう言われては、レオニスとしては断りにくい。なにしろ、本来はリーセリアの書斎だった部屋を個室として使わせてもらっているのだ。

「今夜はパジャマパーティーですね、お嬢様♪」

「ええ、クリスタリアのお屋敷では、よく一緒に寝てたわよね」

「ふふ、セリアお嬢様は恐《こわ》がりでしたからね」

「こ、恐がりじゃないもん……」

と、枕を手にして仲良しトークをする主従の二人。

「ま、待ってください！　お二人が僕の部屋で寝るのはかまいませんが――」

こほん、と咳払《せきばら》いして、レオニスは口を挟んだ。

「僕は、リビングのソファで寝ますので――」

もともと不死者《アンデッド》の肉体であった頃は、石の棺《ひつぎ》の中で眠っていたのだ。ソファで寝ることなど苦でもなんでもない。

だが、
なんなら、楽器ケースの中でも気持ちよく眠れるだろう。

「だめよ。レオ君が風邪をひいたらどうするの」

リーセリアは首を横に振る。

「風邪なんて――」

……ひきませんよ、とはいえなかった。

以前、髪をよく乾かす前に眠ってしまって、風邪をひいたことがあり、リーセリアに看病してもらったことがあるのだ。

あのときほど、脆弱《ぜいじゃく》な人間の肉体を恨めしく思ったことはない。

「レオ君をソファで寝かせるくらいなら、わたしが寝るわ」

「……わかりました。僕もベッドで寝ます」

レオニスは観念して、白旗を揚げた。

保護者モードになったリーセリアは、とても強情なのだった。

――と、そんなわけで。

「少年、結構、くせっ毛なんですね」

寝間着姿のレギーナが、レオニスを抱き枕のようにしていた。

「レ、レギーナさん⁉」

さわさわと頬をくすぐるツーテールの髪。

花の香りのする石鹸《せっけん》の匂い。

寝間着ごしに、ブラをはずした胸がふよんっ、とあたる。

「レギーナ、レオ君をひとり占めするのはずるいわよ」

リーセリアはベッドの縁で、むーっとして抗議する。

「はいはい、お嬢様♪」

レギーナは苦笑すると、レオニスの身体《からだ》を放してベッドの隅に寄った。

レオニスは、リーセリアとレギーナの間に挟まれる形になる。

「セ、セリアさん、くっつきすぎです……」

レオニスは頬《ほお》を赤くするが、彼女のほうはまるで気にしていない様子で、

「そういえば、レオ君は、どこか行きたい場所はある？」

と、そんなことを訊《たず》ねてくる。

「行きたい場所、ですか？」

「せっかくの〈聖灯祭〉ですし、少年も楽しんでくるといいですよ」

レギーナがぽんぽん、とレオニスの頭を優しく叩《たた》く。

「ああ、そうですね……」

祝祭を見て回るのも悪くはないが、興味があるのはむしろ、〈聖灯祭〉の最中に連結するという〈第〇六戦術都市《ゼクス・アサルト・ガーデン》〉だ。

いずれ〈魔王軍〉の支配下に入れることを考えれば、いまのうちに視察しておきたいところではある。

それに、〈狼魔衆《ろうましゅう》〉の報告してきた、精霊のことも気になった。

「学院よりも、〈第〇六戦術都市〉を見に行きたいです」

「そうね、他の都市と連結する機会は、そうそう多くはないし」

「〈第〇六戦術都市〉には、有名な歴史博物館《ミュージアム》もありますよ」

「博物館？」

「ええ、世界各地の遺跡で発掘された物品を展示しているの。近くには、帝国有数の研究機関があって、そこでの研究成果を市民にお披露目《ひろめ》する場でもあるわね」

（ほう……）

それは、有用な情報だ。

そこに行けば、この世界のことを、もっと詳しく調査できるかもしれない。

「でも、レオ君一人だと心配ね。わたしが案内してあげたいけど――」

うーん、とおとがいに指をあてて呟《つぶや》く、過保護な眷属《けんぞく》の少女。

「あ、午前中は忙しいですけど、学院の公開試合が始まれば結構暇になりますので、カフェのほうは大丈夫ですよ」

「ほんと？　じゃあ、私がレオ君を連れて行くわ」

「一人で大丈夫ですよ……」

「だーめ、知らない人に誘拐されたらどうするの」

リーセリアは人差し指をレオニスの額にあて、めっ、と叱った。

◆

夜半。虫の音の響く森の中を、小柄な少女が一人歩く。

〈フレースヴェルグ寮〉の裏手に広がる大きな森である。

以前は森林戦闘の訓練用に使われていたが、地形を再現できる訓練フィールドが完成してからは、学院生たちの憩いの場となっている。

もっとも、それは昼間の話だ。

よく手入れがされているとはいえ、夜にこの森に入る学生は、まずいない。

夜露に濡《ぬ》れた地面を、灯《あか》りもつけず、少女は静かに歩く。

月明かりに白く映える〈桜蘭《おうらん》〉の衣。

森の中の少し開けた場所で、咲耶《さくや》は足を止めた。

〈——虚無を……お断りになりましたな、姫様……〉

と、梢《こずえ》の間から声が聞こえた。

「ああ。数は……覚えていないな。夢中だったし」

第〇三戦術都市《サード・アサルト・ガーデン》で数多《あまた》の〈ヴォイド〉を斬った。

また最年少記録を更新しただろうが、そんなものには興味はない。

〈見事な剣の冴《さ》え、いずれは刹羅《せつら》様も超えるだろう〉

〈……だが、怨敵を討ち果たすには、まだ足りぬ……〉

〈……虚無を斬るのです……虚無を……〉

声は殷々《いんいん》と響き渡った。まるで呪詛《じゅそ》のように。
「――ああ、わかっているさ」
咲耶は静かに答える。
咲耶がその身に刻んだ怨霊は、月の晩には騒がしくなる。
――故郷が滅びたあの日以来、頭の中で響き続ける、怨霊たちの声。
咲耶の額に冷たい汗が浮かんだ。
額に力が集まるのを感じる。
意識が研ぎ澄まされ、やがて、怨霊たちの声も聞こえなくなる。
（――そうだ。僕は復讐《ふくしゅう》を遂げる、あの虚無に）
あの、人の姿をした統率個体。
姉の命を奪った、片目の剣士。
――シャダルク・ヴォイドロード。
故郷を滅ぼした〈ヴォイド〉は、泣き叫ぶ彼女を前に、そう名乗った。
その首を上げるために、今も桜蘭の仲間は各地で〈ヴォイド〉を狩っている。
いずれ〈桜蘭〉の意志を宿した〈聖剣〉は、その首に届くだろう――
と――
「――グブブ……小娘……お前からは魔の匂いがするぞ……」

突然、闇の中から聞こえてきた声に――

「……っ、誰だ」

と、咲耶《さくや》はあたりの気配を探る。

「――目当ての〈吸血鬼《ヴァンパイア》〉ではないようだが、これは面白いものを見つけた」

「物《もの》の怪《け》の類いか？」

咲耶の眼光が鋭く光った。

ハッとして、上を振り仰ぐと――

赤く輝く複眼が、咲耶を見下ろしている。

ケタケタと不気味に嗤《わら》う、巨大な蜘蛛《くも》の化け物だった。

◆

「……ん……あむっ……はむっ♪」

「……～っ！」

耳たぶを甘噛《あまが》みされたレオニスは、鋭い痛みに顔をしかめた。

（ね、眠れん……）

目を開けて振り向けば、なんとも満足そうなリーセリアの寝顔がある。

彼女はレオニスが隣に寝ていると、すぐに吸血しようとしてくるのだ。

起きているときはレオニスに遠慮して、ちゃんと許可を取ってくるのだが、眠っているときは、普段、抑圧している無意識の吸血欲求が現れるのだろうか――

（……吸わせてやるのは、やぶさかではないが）

と、ベッドの中でレオニスは嘆息する。

そもそも、彼女を吸血鬼にしたのはレオニスなのだ。

血を吸わせるのは、眷属《けんぞく》の主《あるじ》として当然のことだ。

……それにしても、痛い。起きているときは甘噛みなのだが、眠っているときは、力を加減していないため、かなりの痛みがある。

レオニスは二人を起こさぬよう、静かに半身を起こした。

あむあむ、と空気を食べるリーセリアの前に、ひと差し指を差し出す。

「……んっ……ちゅっ……はむ……」

リーセリアは指先をぺろっと舐《な》めると、かぷかぷと指を噛《か》みだした。

指の血を吸われるのも痛いが、耳たぶよりはマシだ。

「ん……ふぇお、くん……ちゅっ……かぷっ……」

懸命に指を噛む眷属の少女の姿は、少し微笑《ほほえ》ましい。

（魔王の魔力を、存分に吸うがいい……）

レオニスがふっと微笑すると、

「……はむっ♪」

身体《からだ》を支えていた、もう片方の腕に痛みが走る。

「……って、レギーナさん!?」

レオニスは思わず、小声で叫んだ。

「はむ、おいしいです、はむはむ……」

「……」

……こっちは、ただの噛《か》み癖のようだ。

「僕はハムじゃありませんよ」

レオニスは半眼で呟《つぶや》くと、レギーナの口に枕を噛ませる。

「はむはむ……」

(……やれやれ、やはり、明日はソファで眠ったほうがよさそうだな)

と、そんなことを思った、その時──

キィン、と──

窓の外で、微《かす》かな剣戟《けんげき》の音が鳴るのが聞こえた。

(……なんだ?)

レオニスはゆっくりと起き上がり、窓に近付く。

真っ黒な広葉樹の森の中、一瞬、稲妻の閃《ひらめ》くような光が見えた。

◆

「――〈雷火斬〉っ！」

気合一閃《いっせん》。紫電をまとう刃《やいば》が、闇を斬り裂く。

訓練試合の時とは違う、本気の斬撃だ。

――が、手応えはない。刃は虚《むな》しく空を斬り、纏《まと》う雷《いかづち》は大気中に散逸する。

（……っ、〈雷切丸《らいきりまる》〉を、初見で躱《かわ》した⁉）

即座に刀を構え直し、森の木を背にして、あたりの気配を探る。

（……まさか、〈ヴォイド〉？）

いや、管理局が〈聖剣学院〉の敷地内に〈ヴォイド〉の侵入を許し、それを察知していない、とは考えにくい。

では、あの化け物は一体……？

「……なかなか、手練《てだ》れ、のようだ、グ、ブブブ……」

声は、夜の森の中に殷々《いんいん》と響きわたった。

「なんだ、人の言葉を喋《しゃべ》るのか、化け物め――」

刹那。音もなく、立ち並ぶ木々が斬り倒された。

咲耶《さくや》は地を蹴って、木立の中に跳躍する。

鞭《むち》のようにのたうつ触腕が、あたりの木々を斬り裂きながら迫ってくる。

（……迅雷っ！）

全身に雷《いかづち》を纏《まと》わせ、咲耶は木々の間を跳んだ。加速と雷の〈聖剣〉——〈雷切丸《らいきりまる》〉の本領は、入り組んだ地形でこそ発揮される。

「〈桜蘭《おうらん》〉の剣士を、舐《な》めるなっ——！」

木の幹を蹴って瞬転、迫り来る影の触腕を斬り飛ばす。

触腕は地面に落ちると、月明かりの作る森の影の中に、音も無く呑《の》み込まれた。

（……っ、手応えがない？　まさか、実体がないのか？）

地面に降り立ち、振り向きざま、迫り来るもう一本の触腕を斬り伏せた。

「グブブ……〈聖剣〉というのだったか？　我が影を斬るとは、不可思議な力だ」

「御託を並べるなんて、余裕だねっ——」

ほとばしる紫電をまとい、咲耶は一気に踏み込んだ。

影の触腕が放たれた位置から、敵の居場所を推測する。

「絶刀技——〈雷神烈破斬〉！」

〈迅雷〉による加速から続けて放たれる、一撃必殺の刀技。

幾重にも重なる斬光が、闇を駆けて一点に収斂《しゅうれん》する。

（……獲《と》った！）

と、咲耶は確信するが――

「見事な……ものだ――人間にしては」

声は、真上から聞こえた。

「……っ⁉」

折り重なった梢《こずえ》の中、赤く輝く複眼が、咲耶を見下ろしていた。

では、今斬ったのは――？

斬ったはずの闇の塊が、しゅるしゅると〈雷切丸〉に絡み付く。

「……くっ、こ、のっ……！」

「グブブ……お前自身の影に、喰《く》われるがよい――」

人の姿をとった影が、咲耶を呑み込もうとする。

その時。

「――〈黒邪焔葬《ゾル・メイデス》〉！」

ゴオオオオオオオオオオオオッ！

突如、虚空に生まれた漆黒の焔《ほのお》が、影を一瞬にして消滅させた。

「……なに⁉」

頭上の怪物が驚きの声をあげる。

咲耶《さくや》も、地面に尻餅をついたまま、呆然《ぼうぜん》とした表情だ。

と、背後で、土を踏みしめる靴音がして――、

「大丈夫ですか、咲耶さん」

「少年……」

咲耶が振り向くと、寝間着姿のレオニスが闇の中から姿を現した。

◆

(……やはり、咲耶の雷刃だったか)

レオニスはゆっくりと近付き、咲耶に手を差し伸べた。

闇の中に青白い雷光が閃《ひらめ》くのが見えたのだ。

「立てますか?」

「う、うん……」

と、頷《うなず》きつつ、立ち上がる青髪の少女。

見たところ、擦り傷などはあるものの、大きな負傷はしていないようだ。

(……俺は治癒の魔術は使えないからな)

「少年、どうしてここに？」

「なかなか寝付けなくて……と、今はそれよりも――」

レオニスは梢《こずえ》の上の魔物を見上げた。

「――あれは、何者ですか？」

赤く輝く複眼。膨れ上がった胴からは、蠢《うごめ》く触腕が幾本も生えている。

〈最強の〈魔王〉たる俺を見下ろすとは、いい度胸だ〉

ズンッ――と、レオニスは〈封罪の魔杖《まじよう》〉を地面に突き立てる。

「わからない。突然、襲ってきた――」

首を横に振りつつ〈雷切丸《らいきりまる》〉を構えなおす咲耶。

「〈ヴォイド〉ではないんですか？」

「うん、たぶん、〈ヴォイド〉じゃない」

と――

「――魔術……だ、と……？」

魔物の声が響き渡った。

「……当代の人間は……魔術を行使する力を喪《うしな》ったのではないのか……」

〈……こいつ、魔術を知っているのか？〉

レオニスは訝《いぶか》しげに眉をひそめた。

「いや、〈吸血鬼《ヴァンパイア》〉の眷属《けんぞく》ならば、あり得る、か――」

「誰が眷属――いや、待て――」

いま、奴《やつ》は〈吸血鬼〉と口にした。

まさか、リーセリアのことを知っているのか？

「グブブ……知っているようだな――」

響き渡る魔物の哄笑《こうしょう》。

と、次の瞬間。影の腕が一気に放たれる――！

「少年、ボクの後ろに――」

咲耶《さくや》がレオニスの前に出て、影の腕を斬り飛ばした。

〈聖剣〉の放つ雷光が、夜の闇に閃《ひらめ》く。

「なかなか手強《てごわ》そうだ。援護を頼めるかな」

「――任せて下さい」

レオニスは魔杖《まじよう》を手に、咲耶の後ろに下がった。

実戦訓練で、リーセリアと組む時のフォーメーションだ。

「人間、如《ごと》きが小癪《こしやく》なっ――！」

月明かりの下、魔物の影が空を駆けた。

ザシュッ、ザシュザシュザシュッ――！

真下の咲耶めがけ、影の腕が嵐のごとく降りそそぐ。

「第二階梯《かいてい》魔術――〈闇破烈槍《ランツェ・ヴロー》〉！」

木々の間をかけながら、レオニスは呪文を唱える。

〈封罪の魔杖〉の尖端《せんたん》から、漆黒の槍《やり》が無数に放たれ、影の腕を迎撃する。

その隙に、咲耶は木立の中に飛び込んで、開けた場所から身を隠す。

魔物は、その巨体で軽々と跳躍し、別の樹に飛び移った。

寝間着のズボンに泥が跳ね散る。

……これは寮に帰ったら、リーセリアに怒られるだろう。

（おのれ――）

レオニスは思わずカッとなり、蜘蛛《くも》の魔物めがけて〈重力弾《ベルトン》〉を放った。

空間がひしゃげ、森の木々がメキメキと破壊される。

が、魔物の周囲を青白い輝きが包み、レオニスの呪文を消滅させた。

（……魔術――あの異形、やはり〈魔族〉か？）

――〈魔族〉。

通常の魔物とは異なり、様々な形態と異能を有する生命体の総称だ。

個体差が激しく、ひとくくりに出来るものではないが、その多くは一般的な魔物などより遙《はる》かに強大で、高い知性を備えている。

(――かなり高位の魔族のようだな)
無論、〈魔王〉であるレオニスにとっては、魔族といえど、塵《ちり》にも等しい。
第五階梯《かいてい》以上の魔術を使えば、一撃で葬ることも出来るだろう。
しかし、そんなことをすれば、咲耶《さくや》に力がバレてしまう。
それに――
(この魔族が、シャーリの報告した、影の回廊に侵入した者である可能性は高い)
だとすれば、捕らえて支配魔術をかけ、情報を聞き出す必要がある。
蜘蛛《くも》の魔物の赤い目が、煌々《こうこう》と輝いた。
「グ、ブブ、ブ……〈堕影結界陣〉!」
と、あたり一帯に、禍々《まがまが》しく輝く魔術方陣が現れる。
(……っ、結界魔術か⁉)
レオニスは地を蹴って、跳躍した。
真下の地面が影に呑《の》まれ、あたりの木々がズブズブと沈んでゆく。
「――〈咒魂魔弾《シュレイ・ザスト》〉!」
レオニスが立て続けに魔術を放った。
が、蜘蛛の魔物は軽々と跳躍し、そのすべてを回避する。
「咲耶さん――!」

「はあああああああああああっ！」

裂帛《れっぱく》の声と共に、紫電の刃《やいば》が閃《ひらめ》いた。

森の中を超高速で移動し、側面からの奇襲。

魔物は咄嗟《とっさ》に影の腕を出現させるが――

「遅い、よ――！」

咲耶は〈聖剣〉の刃を振り下ろした。

「……っ、動きが……違う!?」

「ああ、ボクの〈雷切丸《らいきりまる》〉は加速の聖剣。振るえば振るうほど、速くなるんだ」

咲耶は冷徹な声で、そう告げる。

「絶刀技――〈紫電一閃《いっせん》〉！」

ザンッ！

腕ごと斬り裂かれる蜘蛛の胴体。

夜の静寂に断末魔の絶叫が響き渡る。

（……〈魔族〉を斬るとは、たいしたものだ）

レオニスの見立てでは、あの魔族は相当な手練《てだ》れだ。

やはり、普段の訓練などでは、相当力を押さえていたらしい。

が、まだ致命傷ではない。

「が、あああああああっ、このわたしが、人間如《ごと》きにっ！」

なにか魔術を唱えようとするが――

リイイイイインッ！

その呪文は、即座に弾《はじ》けて消えた。

「――馬鹿な、呪文干渉……だと⁉」

無論、レオニスの仕業である。

高度な技術であるが、魔術を究《きわ》めた魔王には造作もないことだ。

「はあああああああっ、〈雷神烈破斬〉！」

咲耶《さくや》の剣が蜘蛛《くも》の魔物の腹を貫く。

ズシャアアアアアアッ！

地面に落ちた蜘蛛の魔物は、そのまま影の中に沈もうとする。

（おっと、逃がすわけにはいかん）

……奴《やつ》からは情報を取り出したいところだ。

レオニスが杖《つえ》を掲げて、呪文を唱えようとするが――

その巨体の動きが止まった。

魔族の生み出す影を、銀のナイフが縫い止めている。

「……なっ⁉」

そこへ——

「はあああああああああああっ！」

咲耶が、赤く輝く複眼に〈聖剣〉の刃《やいば》を突き込んだ。

「おのれ、おのれおのれ、おのれええええええええっ——」

影の触腕が咲耶の腕を掴《つか》んだ。

断末魔の咆哮。

その腹が大きく膨れ上がり、真っ赤な炉のように赤熱化する。

何をするつもりなのか、察して、レオニスは呪文を唱える。

（……あれは、まずい！）

「第八階梯魔術《かいていまじゅつ》——。〈無明螺旋球《ヴォルザイド》〉」

闇が、爆発寸前の魔族の巨体を呑《の》み込んで——

その存在を、跡形もなく消滅させた。

——シン、と静寂が満ちた。

咲耶は〈雷切丸〉の刃を下ろした
「咲耶さん、大丈夫……ですか？」

「あ、ああ……」

咲耶の〈聖剣〉が光の粒子となって消滅する。

「なんだったのかな、あの怪物は……」

「これまで、現れたことは？」

咲耶《さくや》は首を横に振った。

「とにかく、管理局に報告しておこう。ところで、少年」

「なんですか」

「君はどうして、力を隠しているんだい？」

「な、なんのことですか」

レオニスがとぼけると、

「いや、すまない、君には君の、事情があるんだろうな」

咲耶は肩をすくめて、女子寮への道を歩き出した。

◆

「少年、足もとが暗いから、気をつけて」

「はい……」

鬱蒼《うっそう》と茂る森の中。レオニスは咲耶の少し後ろを歩きつつ、木の上に視線を送る。

『シャーリよ――』

『は、ここに――』
　心話で話しかけると、即座にシャーリの声が返ってきた。
　先ほど、魔族の影を縫い止めたのは彼女だ。
　目立たぬようにレオニスを護衛していたのだろう。
『申し訳ありませんでした。まさか自爆をするとは――』
『よい、お前の失態ではない。それより、どう思う?』
　と、レオニスは樹上のメイド暗殺者に問いかける。
『〈魔族〉、です。それも、かなり上位の個体かと』
『目的は何だ?』
『推測ですが――』
『言ってみるがいい』
　鷹揚《おうよう》に頷《うなず》くレオニス。
『わたしと同じ技能者《クラス》であるように思いました』
『魔族の暗殺者、か――』
〈魔王〉の敵は、英雄や勇者ばかりではない。
〈不死者の魔王《アンデッド・キング》〉は、様々な勢力の暗殺者に命を狙われた。
　しかし――

あの蜘蛛《くも》の魔族は、レオニスの命を狙って現れたわけではなさそうだ。

魔術を使ったことに驚いていたようだが、正体がバレた様子もない。

（奴《やつ》は〈吸血鬼《ヴァンパイア》〉、と口にした。狙いはリーセリア、か……？）

なぜ、リーセリアを魔族が狙うのか。

不可解ではあるが——

『魔王様、ご報告があります——』

『なんだ？』

『〈影の回廊〉に干渉したのは、あの魔族だと思われますが、ほかにも数カ所、同時に攻撃を受けた形跡がありました』

『……つまり、入り込んだ魔族は、あれ一体だけではない、と？』

『そのように思います、魔王様——』

『俺の〈王国〉に土足で侵入する者には、どのような罰が相応《ふさわ》しい？』

『速やかな死を与えるべきかと』

『うむ、そうだな……』

ましてや、お気に入りの眷属《けんぞく》の命を狙う、というのであればなおさらだ。

『シャーリ、おまえは敵の正体を探れ』

『仰せのままに』

返事をして、シャーリは闇の中に姿を消した。

（……〈魔王〉のものに手を出せばどうなるか、後悔させてやろう）

第四章　聖灯祭

正体不明の魔族の襲撃のあった、翌々日。〈聖灯祭〉当日である。

空は晴れ渡る快晴。陽《ひ》の光が、学院の石畳に照り付ける。

「うんうん、いい雰囲気が出てるわね」

喫茶店仕様に飾り付けされ、すっかり雰囲気の変わった一階のミーティングルームを見て、リーセリアが満足そうに頷《うなず》く。

〈フレースヴェルグ寮〉の格調高く古めかしい外観はそのままに、内装も壁紙を変え、ちょっと不気味な絵画などをかけている。天井には、小さな髑髏《どくろ》やコウモリをイメージしたベルなどが取り付けられており、こちらも見ていてなかなか楽しい。

寮の玄関前には、三体の骸骨のオブジェも飾られていた。

「本物の吸血鬼《ヴァンパイア》の館みたいね、なんだか落ち着くわ」

「本物の吸血鬼の館は、普通の貴族の館と変わりませんでしたよ。どれもこれも、やたら薄暗かったですけど」

と、実際に吸血鬼の貴族たちを配下にしていたレオニスが訂正する。

ともあれ、ここがアンデッド好みの空間であることに異論はない。

（……ふう、地下霊廟《れいびょう》のように落ち着くな）

照明の光量もちょうどいい。

レオニスとしては、ずっとこのままでもいいくらいだ。

「晴れて良かったですね、カフェの雰囲気とはちぐはぐですけど」

「それも面白みがあっていいんじゃない？」

窓の外を見て呟《つぶや》くレギーナに、リーセリアが苦笑して頷く。

外では、リーセリアの力に魅せられた鴉《からす》たちが集まっているようだ。

「そろそろ着替えて、準備をしましょう」

エルフィーネが手を叩《たた》いた。

「あ、そうですね！」

少女たちはレオニスを残し、更衣室がわりのエルフィーネの部屋に入った。

◆

リーセリアたちが衣装に着替えている間、レオニスはキッチンでコーヒーを沸かし、カフェのテーブルで優雅にくつろいでいた。一〇〇〇年前には存在しなかった、この漆黒の闇を煮詰めたような飲み物は、まさに〈魔王〉のイメージに相応《ふさわ》しい。

これで苦くなければ、完璧なのだが。

(それにしても……)

と、砂糖をたっぷり入れたコーヒーをかき混ぜつつ、レオニスは黙考する。

いまのところ魔族の暗殺者が現れる気配は無い。

やはり、単独であったのか、それとも機を窺《うかが》っているのか――

リーセリアの周囲には、レオニスも目を光らせているが、それらしき接触者はいないようだった。何人か、ナンパ目的の学生が声をかけていたようだが、そのような不届き者に、レオニスが〈死の眩惑《げんわく》〉をかけ、数日間恐怖に苛《さいな》まれるようにしている。

レオニスは最も寛大な〈魔王〉だが、お気に入りの眷属《けんぞく》に手を出せばどうなるか、身を持ってわからせるのは重要なことだ。

(なんにせよ、しばらくは警戒しておくべきか――)

と――

「――お待たせ、レオ君♪」

更衣室のドアが開き、カフェの衣装に着替えたリーセリアが出てきた。

「……~っ、セ、セリアさん⁉」

レオニスは顔を赤くして、思わずコーヒーを吹き出しそうになる。

リーセリアが着ているのは、艶《つや》のあるエナメル革の衣装だ。

胸もとが大胆に開き、艶《なま》めかしい太腿《ふともも》を露出させている。背中に生えた小さなコウモリの羽を見るに、おそらく、吸血鬼《ヴァンパイア》をイメージした衣装なのだろう。

「ふふ、いい子にしてないと、血を吸ってしまうわよ♪」

と、固まるレオニスに、片目をつむってみせるリーセリア。

吸血鬼が吸血鬼の衣装を着てみました、というのを、レオニスだけに悪戯《いたずら》っぽく伝えてみたかったのだろう。しかし——

（……っ、違う、その姿は、〈吸血鬼《ヴァンパイア》〉じゃなくて〈吸精鬼《サキュバス》〉だ！）

レオニスは胸中で突っ込んだ。

たしかに、よく似た種族であるが、〈吸精鬼《サキュバス》〉は魔族であり、不死者《アンデッド》ではない。リーセリアの集めた創作物の資料では、おそらく混同されていたのだろう。

「セリアお嬢様、少年がえっちな目で見てますよ。やはり刺激が強すぎたのでは」

「ええっ⁉」

「み、見てませんっ！」

聞こえてきた声に、あわてて抗議するレオニス。

「ふふ、ほんとですか、少年？」

ひょい、とリーセリアの背後から、レギーナが姿を現す。

レギーナが着ているのは、妖艶なリーセリアの衣装とは正反対の、明るい橙色《だいだいいろ》を基調としたポップな装いだ。

髪をくくったリボンには、カボチャの頭をデザインしたバッジが付いている。

〈ジャック・オー・ランタン〉という魔物をイメージしているらしいが、そんな魔物は、レオニスの不死者《アンデッド》の軍団にはいなかった。

創作物に出てくる魔物、なのだろうか……?

そんなことを思いつつも、レオニスの目は自然と、ボタンで窮屈そうにとめられた、おおきな胸に吸い寄せられてしまう。

「どうです、少年、似合ってますか?」

レギーナが屈《かが》み込んで、悪戯《いたずら》っぽく微笑した。

レオニスはあわてて胸から目を逸《そ》らし、

「ええ、レギーナさんも、可愛《かわい》い……ですよ」

と、素直な感想を口にする。

すると、レギーナは顔を真っ赤にして、

「……~っ、か、くぁわっ……!」

舌を噛《か》んだようだ。……可愛いな。

「し、少年も、口がうまくなりましたね。将来は夜の魔王ですね」

照れた様子で、早口にまくしたてるレギーナ。

(おや、これは、もしかして……)

レオニスはふと、あることに気付く。

「いえいえ、本当に可愛いですよ。レギーナさん、すごく綺麗《きれい》です」

「お、お姉《ねえ》さんをからかってはだめですよ、少年っ！」

「リボンもとてもよく似合ってます、素敵です」

「……～っ、なんだか少年が意地悪です、お嬢様」

レギーナは真っ赤になって、リーセリアのうしろに隠れてしまった。

(……このメイド、さてはストレートに褒められるのに弱いな？)

レギーナの思わぬ弱点を発見し、悪い顔になるレオニス。

「レオ君、わたしは？」

リーセリアがちょっと寂しそうに唇を尖《とが》らせる。

と──

「……先輩、や、やっぱり、恥ずかしい……！」

「大丈夫よ、とってもよく似合ってるわ」

エルフィーネが咲耶《さくや》の手を引きつつ、更衣室から顔を出した。

彼女の衣装は、大昔の魔女をイメージしたもののようだ。

つばのあるとんがり帽子に、夜色のマント。艶《つや》やかな黒髪をわずかにかきあげて、オトナな微笑を浮かべるその姿は、まさに魔女そのものだ。

「フィーネ先輩、素敵です！」

「ありがとう。セリアも、すごく綺麗《きれい》よ」

エルフィーネはふふっと微笑《ほほえ》むと、

「ほら、咲耶《さくや》も、レオ君に見せてあげて――」

ドアの隙間から、半分だけ顔を出した咲耶の腕を引っ張った。

「……っ、ふわあっ！」

トトトッ、とつんのめりながら、咲耶が外に出てくる。

（ほう、これは……）

レオニスは思わず、目を見開いた。

白と黒を基調とした、ゴシックロリータ風のロングスカート。

ミニハットのお洒落《しゃれ》なカチューシャが、彼女の青い髪によく似合っている。

「……先輩、ひどいじゃないか」

スカートの裾を握りしめ、咲耶は恨めしそうに抗議した。

〈雷切丸《らいきりまる》〉を手に、〈ヴォイド〉を斬っている時とは、まるで違う雰囲気だ。

「レオ君、どう思う？」

「ええ、可愛《かわい》いと思いますよ」

「少年、ボクをからかっているのかい？」

咲耶は据わった目でレオニスを睨《にら》む。

……そんな表情も、なかなか可愛らしいものだ。

レオニスはあらためて、並んだ四人の少女の姿を見る。

それぞれ、魅惑的なコスチュームを身に纏《まと》った、四人の美少女。

これは間違いなく、人気が出るだろう。

（……俺も忙しくなりそうだな）

レオニスは、裏でキッチンスタッフをすることになっている。もし手が足りなくなれば、〈影の従者《シャドウサーバント》〉やスケルトンを呼び出すことになるだろう。

「それじゃあ、僕もそろそろ準備を始めましょう――」

と、キッチンに向かおうとするレオニスの前に――

「お待ち下さい、少年――」

レギーナが素早く回り込んだ。

「……レギーナさん、な、なんですか？」

「ふっふっふっ、ふっふ……」

と、腕組みして含み笑いをするレギーナ。

……なんだか、猛烈に嫌な予感がする。

「じつはですね、少年にも、用意してあるんです」

「……よ、用意？」

「ええ、喫茶店の雰囲気を壊さないよう、正装してもらわないといけませんから」

「正装？　でも、僕はキッチンにいて姿を見せないんじゃ……」

「はい、女子寮に男子がいるのは、風紀上よくないとのお達しでしたよね」

「え、ええ……」

レギーナはおもむろに、折り畳まれた布を取り出した。

フリル付きのドレスのような布だ。

「だったら、女の子になっちゃえば、問題ありませんね♪」

「ちょ、ちょっと待ってください！」

レオニスは叫んだ。

「なんでそうなるんですか！　だ、だいたい、そんな急に——」

「だって、事前に教えたら、逃げるじゃないですか」

「あたりまえです！」

「ほら、とっても可愛《かわい》い衣装ですよ」

レギーナはじゃんっ、と布を広げてみせた。

たしかに、とても可愛い……メイド服だった。

「レオ君の衣装、私が作ったのよ」

「セリアさん!?」

……まさか、眷属《けんぞく》にまで謀《たばか》られていようとは。

「ぼ、僕は着ませんよ、女の子の服なんて……！」

これは、〈魔王〉の沽券《こけん》に関わる問題だ。

笑顔のレギーナを睨《にら》み据えたまま、後ずさりするレオニス。

——が、その肩を背後からガシッと掴《つか》まれる。

「……なっ、咲耶《さくや》さん!?」

「悪く思わないでくれ。ボクだけ恥ずかしい思いはしたくないんだ」

「咲耶さんは女の子でしょう！」

「う、うるさいっ、少年も道連れになってくれ……！」

……咲耶もだめだ。

レオニスは最後の良心、魔女に扮《ふん》したエルフィーネに視線を向けるが——

「えっとね……女の子のレオ君、きっとすごく可愛いと思うの」

困ったような顔で、ごめんね、と手を合わせる魔女のお姉《ねえ》さん。

……レオニスの味方は、誰もいなかった。

◆

——帝国標準時間〇八三〇《マルハチサンマル》。

〈聖剣学院〉の門が開放され、多くの市民が敷地の中に入ってきた。

平時においても、訓練場を兼ねた自然公園など、学院の一部の敷地は都市民に開放されている。しかし、訓練施設や学院校舎に入れるのは、〈聖灯祭〉の日だけだ。

学院を訪れた来客の半分は、接岸中の〈第〇六戦術都市《ゼクス・アサルト・ガーデン》〉から来た人々で、そのお目当ては、〈剣舞祭〉と呼ばれる、学院生による大規模な模擬試合である。

普段の訓練試合などは、街中の大型スクリーンでも中継されるが、〈剣舞祭〉は、大勢の観客が訓練グラウンドに入ることができるのだ。

「ランク上位の小隊の出てくる午後の試合は、特に人気が高いの。だから、午後にはお客さんも少なくなると思うわ——」

と、そんなリーセリアの説明に、

「……わかりました。午後まで我慢すればいいんですね」

「えっと、レオ君、怒ってる？」

「別に、怒ってはいませんよ」

スカートの裾を握ったまま、レオニスは憮然《ぶぜん》とした表情で、そう答えた。

レオニスが着ているのは、正統派のメイド服だ。

頭にはカチューシャと、黒髪のウィッグを着けている。

メイド服は、この寮に出没するという、幽霊少女の噂《うわさ》を元に作ったそうだ。

「少年、とても可愛《かわい》いですよ♪　私の目に狂いはありませんでした」

客席で注文を取って戻ってきたレギーナがからかうように言ってくる。

……さっきの仕返しなのだろう。

（……っ、お、覚えているがいい）

羞恥に頬《ほお》を赤く染め、ぐぬぬと唸《うな》るレオニス。

「あのメイドの女の子、すごく可愛い！」

「うん、お持ち帰りしたいわね」

奥のテーブルで、学生の女の子がヒソヒソ囁《ささや》き交わしていた。

（……解《げ》せぬ）

一方、別のテーブルでは――

「君たち、注文はどうするんだ？」

「咲耶《さくや》お姉様、綺麗《きれい》……」

「咲耶、すごく可愛いわ♪」

「……～っ、か、可愛くなんてないっ、早く注文を言ってくれ！」

……咲耶が同級生の少女たちに弄ばれていた。

◆

鬱蒼《うっそう》と茂る人工森の中にある、廃墟《はいきょ》となった建物。その地下の一室で――、

「計画はこうよ――」

ダークエルフの少女、レーナは声を潜めて話した。

「地下にある物資運搬通路を使って、〈第〇六戦術都市《ゼクス・アサルト・ガーデン》〉の研究所に侵入する。その後、別の場所でザリックの別働隊が爆破騒動を起こして警備が手薄になった隙に、研究所の所員をまとめて人質にする。あとは、連中の保有している〈始原の精霊《ワイルド・エレメンタル》〉の居場所を吐かせるだけ。ね、簡単でしょ？」

「……おお、たしかに」

「大胆だが、それゆえに意表を突けるやもしれぬな」

うむ、と少女の計画に納得して頷《うなず》く、〈狼魔衆《ろうましゅう》〉のメンバーたちに――

（……っ、馬鹿なの、死ぬの!?）

同席したアルーレは、一人頭を抱えていた。

廃墟の地下室には、何丁もの銃と刀剣類が用意されている。

〈始原の精霊〉の強奪計画の話し合いだった。

「新入り、あんたの意見も聞きたいわ。なにか意見はある？」

レーナが訊《き》いてくる。なぜか、この少女に気に入られてしまったようだ。

「そう簡単に行くとは、思えないわね」

アルーレは言葉を選びながらも、首を横に振った。

……無謀すぎる。はっきり言って、自殺行為としか思えない。

「小娘、口を慎め！」

「――やめなさい」

獅子《しし》族の男が咆哮《ほうこう》を上げるのを、レーナが手で制した。

「魔王陛下は、〈始原の精霊《ワイルド・エレメンタル》〉を手に入れろと命じられたわ」

「ああ、一考に値する計画だと仰った」

「万事、準備を整えておけともね――」

（魔王、ね――）

アルーレは忌まわしいその名を、口の中で転がした。

未《いま》だ半信半疑ではあるが、この組織を支配する〈魔王〉ゾール・ヴァディスは、魔術によって地下迷宮を造り出し、ドラゴンを一瞬で滅ぼしたという。

（その魔王が、こんな無謀な作戦を命じたというの？）

アルーレは疑問を口にする。

「その魔王――魔王陛下は、力を貸してはくれないの？」

「魔王陛下は、まだ完全な形で復活してはおられないわ」

「ゆえに、我々〈狼魔衆《ろうましゅう》〉をお使いになるのだ」

人狼《じんろう》族のザリックが首を横に振る。

（それは、いいことを聞いたわね……）

もし〈八魔王〉のいずれかが、完全な形で甦《よみがえ》っているならば、この人類の都市さえ、容《た》易《やす》く滅ぼすことができるだろう。

（その〈魔王〉が完全な力を取り戻す前に、滅ぼしてしまわないと）

しかし、この亜人たちは、その魔王とやらに心酔しているようだ。

ここで敵意を抱かれては、魔王に近付くことができなくなる。

「もう一つ。たとえその、研究所に侵入をはたせたとしても、本当に、〈始原の精霊〉を奪う、なんてことができるのかしら？」

森のエルフであるアルーレは、精霊の恐ろしさを知っている。

強大な精霊の怒りを買い、滅ぼされた里もあるのだ。

「それは心配ないわ。フィレット社の〈人造精霊《アーティフィシャル・エレメンタル》〉を使うの」

「人造精霊？」

「ええ、わたしたちに〈魔剣〉の力を与えた魔女、シャルナークの置き土産よ。それを憑《ひょう》依《い》させれば、精霊を意のままに操ることができるわ」

言って、不敵な笑みを浮かべるレーナ。

アルーレのあずかり知らぬことであるが、蛇のような姿をしたその〈人造精霊《アーティフィシャル・エレメンタル》〉は、〈ハイペリオン〉の事件の際、船の中枢のコントロールを奪っている。

「われら一丸となり、魔王陛下のお力となるのだ」

「〈聖剣〉の力に奢《おご》った人類帝国に、鉄槌《てっつい》を下すのだ！」

血気盛んな獣人族が次々と声を上げる。

（……〈魔王〉は、こんな連中を配下にして、なにを考えているのかしら）

なんにせよ、彼女がなにを言おうと、この奪取計画は実行されるのだろう。

（……一応、助けられた恩義もあるし、見殺しにするのは寝覚めが悪いわね）

せめて、自分がついていれば、人が死ぬことを避けられるかもしれない。

（……はあ、あたし、なにをしてるのかしら）

そんなことを考えつつ、エルフの勇者は嘆息した。

◆

「レオ君、あちらのお客様に、カモミールティーとアップルパイをお願い」

「わ、わかりました！」

テーブルの間をあわただしく移動する、メイド服姿のレオニス。

（……っ、まったく。魔王である俺が、なぜこんなことを……）

幽霊屋敷の喫茶店という独創的なコンセプトと、可憐《かれん》な美少女たちが、可愛《かわい》い衣装で接客をしているという噂《うわさ》が評判を呼び、ホーンテッド喫茶は大盛況だった。

最も混んだ時間帯などは、人の手が足りなくなり、キッチンで上級スケルトンの手を借りたほどである。

……とはいえ、そろそろピークは過ぎてきた頃合いだ。

と——

「……あ、あの、レオお兄ちゃんはいますか？」

おどおどとした女の子の声が、自分の名を呼ぶのをレオニスは聞いた。

振り向くと、見覚えのある孤児院の子供が、エルフィーネに話しかけている。

黒髪を肩口で切り揃《そろ》えた可憐な少女、ティセラ・リリィベルだ。

「あら、レオ君のお友達？」

「は、はい……」

エルフィーネは優しく微笑《ほほえ》むと、

「レオ君なら、あそこにいるわよ」

「……え？」

と、こっちを見たティセラが、驚きに目を丸くする。

「……レオ、お兄ちゃん？」

「……っ、ち、違います」

レオニスはトレイで顔を隠し、他人の振りをしようとするが、

「レオお兄ちゃん、ど、どうして、女の子になってるの？」

……混乱しているようだ。

「いろいろ、事情があるんです」

と、レオニスは観念して言った。

「あ、う、うん……わかったっ」

大人《おとな》びているティセラは、経緯を呑《の》み込んでくれたようだ。

……聡明《そうめい》な子でよかった。

「あの、レオお兄ちゃん、す、すごく、可愛《かわい》いと思うよ」

「そ、そうですか……」

素直に喜ぶわけにもいかず、そんな曖昧な返事をするレオニス。

「ティセラ、来てくれたのね。座って座って」

と、キッチンから戻ってきたリーセリアが、ティセラに椅子を勧める。

「ありがとう、リーセリアお姉ちゃん」

窓際の席にちょこん、と腰掛けるティセラ。

「セリアさんが呼んだんですか？」

「ええ、孤児院の年長の子供たちに、〈剣舞祭〉の観覧チケットを贈ったの」

リーセリアは週に何度か、ティセラの孤児院でアルバイトをしている。

子供達には、院長よりも慕われているようだ。

「いつも一緒にいる、あのお転婆《てんば》と眼鏡《めがね》の姉弟はどうしたんです？」

と、レオニスは訊《たず》ねる。

「ミレットたちは〈剣舞祭〉のほうを観《み》に行ってるの。わたしは、あの、レオお兄ちゃんがいるから、その……」

恥ずかしそうに口籠もりはじめたティセラに、レオニスは眉をひそめた。

「第十八小隊の試合は明日だから、ティセラちゃんも応援しに来てね」

「う、うんっ、絶対行く！」

胸の前で拳を握り、こくこくと頷《うなず》くティセラ。

と――

「――へえ、なかなか面白い趣向ですのね」

と、カフェの入り口のほうで、また聞き覚えのある声が聞こえてきた。

プラチナブロンドの髪をふぁさっとかき上げて——

姿を現したのは、〈執行部〉のフェンリス・エーデルリッツだ。

「フェンリス、なにをしに来たのよ」

リーセリアが、むっと彼女を睨《にら》んだ。

「あら、ご挨拶ですわね。各小隊の出し物に規律違反がないか、〈執行部〉の仕事で見回りをしているんですのよ……って、なんですの、その破廉恥な格好は——」

リーセリアの衣装を見たフェンリスは、カアアッと顔を赤くした。

「は、破廉恥な格好じゃないわ、吸血鬼《ヴァンパイア》よ……！」

（……いや〈吸精鬼《サキュバス》〉だけどな）

と、内心でつっこむレオニス。……実際、指摘通りの破廉恥な格好だ。

「そ、その格好は、規律に抵触する可能性がありますわね」

規約を調べるためか、端末を操作するフェンリス。

「ちょ、ちょっと——」

リーセリアがあわてた声を上げた、その時。

「フェンリス嬢、そう杓子定規《しゃくしじょうぎ》に規律を振りかざすものではないぞ。俺達の役目は、あくまでこの〈聖灯祭〉を、多くの市民に楽しんでもらうことなのだからな」

ぬっ、とフェンリスの背後から、大柄な男が現れた。

「ライオットさん！　ですが……」

「すまないが、少し休ませてくれるかな、お嬢さん」

と、男はメイド服姿のレオニスに、そう声をかけてきた。

◆

ライオット・グィネス――またの名を〈炎獅子《えんじし》〉のライオット。

学院の上級生であり、学院の風紀を取り締まる〈執行部〉の副部長。

赤い髪を短く刈り込んだ、精悍《せいかん》な顔の青年だ。

渾名《あだな》の通り、獅子の如《ごと》く大柄な体格で、十七歳とは思えない貫禄《かんろく》がある。

彼がカフェの小さな椅子に座る姿は、強烈な違和感があった。

「ライオット先輩は、〈ヴォイド〉討伐の最前線部隊に投入された猛者だ。もしかすると、ボクより強いかもしれない」

すれ違いざま、咲耶《さくや》がこっそりとレオニスに耳打ちしてくれた。

彼は〈第〇六戦術都市《ゼクス・アサルト・ガーデン》〉の任務に派遣され、半年ぶりに学院に戻ってきたらしい。

（……なるほど、たしかに強者のオーラがあるな）

レオニスは感心した。あくまで人類としての基準ではあるが、レオニスがかつて敵として戦った、勇猛な戦士や騎士たちと同等の気配を感じる。

立場がどうであれ、強者には好感を持つレオニスである。

バターサンドを勝手に一枚多くサービスして、二人の元に紅茶を運ぶ。

「ありがとう、とてもいい薫りですわね」

フェンリスが優雅にカップを持ち上げる。

彼女は、メイドがレオニスであることに気付いていないようだ。

「それにしても、幽霊屋敷とは、面白いことを考えるものだ」

ライオットが、部屋の内装を見て、感心したように言った。

「……でも、破廉恥なのは看過できませんわ」

「う、うむ……まあ、それは、な」

気まずそうに、こほんと咳払《せきばら》いするライオット。

と――

「久しぶりね、ライオット。息災だった？」

そんな彼に気さくに声をかけたのは、エルフィーネだった。

「エルフィーネ、第七小隊を離れたと聞いたが――」

「ええ、今はここの小隊にお世話になっているわ」

「そうか――」

キッチンに戻りかけたレオニスは足を止めて、聞き耳をたてる。

二人は知り合い、なのだろうか……？

「〈第〇六戦術都市《ゼクス・アサルト・ガーデン》〉で、姉《ねえ》さんの調査団に参加したそうね」

「……なんでも知っているな、君は」

「ええ、魔女ですもの」

とんがり帽子の下で、エルフィーネはくすっと微笑《ほほえ》んだ。

「それで、私の姉は永久凍土の奥で、なにを発掘したの？」

彼女の表情が、急に真剣なものに変わった。

ライオットは、しばし沈黙して――

「軍の機密だ。わかっているだろう」

と、首を横に振る。

（〈第〇六戦術都市〉の調査……）

レオニスは、〈狼魔衆《ろうましゅう》〉のレーナの報告を思い出す。

たしか、〈第〇六戦術都市〉の調査団が〈始原の精霊《ワイルド・エレメンタル》〉を発掘した――と、そんなことを言っていたような気がする。

「そうでしょうね。帝立研究所の該当データには、強固なプロテクトがかかっていたわ」

「あの、お二人とも、なんのお話を……」

エルフィーネの言葉に、あたふたするフェンリス。

「姉が動いている以上、ただの遺跡発掘ではないはずよ」

「実のところ、俺もよくは知らん。俺の任務は補給物資の護衛だったのでな」

ライオットは肩をすくめて、首を横に振った。

「ただ、発掘されたそいつは、あまりに巨大な氷塊だったと聞いている」

「氷塊ごと、〈第〇六戦術都市《ゼクス・アサルト・ガーデン》〉の研究所に運び込んだ？」

「そうだ。正直、俺には見当もつかん――」

「そう……」

エルフィーネが唇を噛《か》む。

――と、その時。

「レオ君、三番テーブルのお客様をお願い――」

「あ、はい」

リーセリアの呼びかけに、返事をしたレオニスを、

「……レオ、君……ですって？」

フェンリスがむっと睨《にら》んだ。

（……っ、しまった！）

と、そう思った時には、もう遅い。

フェンリスはレオニスの顔をじーっと見つめ、

「……って、よくよく見れば、あの子供ではありませんの！」

「な、なんのことですか？」

「このフェンリス・エーデルリッツの目は、誤魔化《ごまか》せませんわよ！」

（……今の今まで気付かなかっただろ！）

と、胸中でつっこむレオニス。

「男の子じゃなければ、女子寮にいても、問題はないでしょう？」

リーセリアがレオニスを庇《かば》うように立ちはだかった。

「そ、それは、屁理屈《へりくつ》ですわ！」

「こんなに可愛《かわい》いんだから、もう女の子でいいじゃない」

「よくありません！」

……妙なことを言い出した眷属《けんぞく》の少女、レオニスが声を上げた、その時。

おおおおおおおおおおおおおおおっ！

遠く離れた訓練フィールドで、大きな歓声が聞こえた。

「〈剣舞祭〉が、盛り上がってきたようだな」

ライオットが苦笑混じりに言った。

カフェの客も、バラバラと席を立ちはじめる。

「少年――」

とんとん、とレギーナが肩を叩《たた》いてきた。

「そろそろここも暇になりますから、お嬢様と一緒に抜けていいですよ」

「レギーナ、任せて大丈夫？」

「ええ、せっかくの祝祭ですし、お嬢様も楽しんできてください」

こくっと頷《うなず》くレギーナ。

「ありがとう。それじゃ、行きましょうか、レオ君」

「あ、ちょっと、お待ちなさい、まだ話はおわっていませんわよ！」

第五章　第〇六戦術都市

Demon's Sword Master of Excalibur School

試合会場のほうから、大きな歓声が響いてくる。〈剣舞祭〉が一番盛り上がる時間帯だ。

午前中にはあれほどいた喫茶店の客は、かなりまばらになっている。

レオニスとリーセリアは、もう第〇六戦術都市に着いた頃だろうか。

エルフィーネが付近でテーブルを拭いていると、突然、端末のコールが鳴った。

「……なにかしら？」

端末に目を落とし、眉を顰《ひそ》めるエルフィーネ。

「どうしたんです？」

「管理局の招集よ」

「招集……って、まさか、〈ヴォイド〉の発生、ですか？」

皿洗いの手を止めて訊《たず》ねるレギーナ。

食器を片付けていた咲耶《さくや》が「ヴォイド!?」と、素早く反応する。

「いえ、緊急招集ではないから、きっと別の用件ね」

管理局が、エルフィーネのような解析型の〈聖剣〉使いを招集して協力を仰ぐのは、そう珍しいことではない。

このタイプの〈聖剣〉を発現する者は絶対数が少ないため、小隊に所属するのと同時に、管理局の管轄下に入る規則になっている。

「ちょっと、外しても大丈夫かしら」

「ここはわたしたちだけで大丈夫ですよ、今の時間は手が空いてますし」

「ありがとう、じゃあ、ちょっと行ってくるわね」

――とはいえ、この格好で管理局へ出向くわけにはいかない。

緊急招集ではないので、制服に着替えたほうがいいだろう。

（……それにしても、〈聖灯祭〉の日に、一体何の用件かしら？）

首を傾《かし》げつつ、更衣室に入る。

魔女の帽子を取ると、少し乱れた髪を手櫛《てぐし》で梳《す》いた。

もしかすると、この人混みで迷子になった子供の捜索、かもしれない。

実際、そのために招集されたことも、何度かある。

あるいは――

（……〈アストラル・ガーデン〉への侵入がバレた、とか？）

エルフィーネは、情報管理室の端末を使用して、帝都の〈アストラル・ガーデン〉へ何度となく侵入を試みている。無論、痕跡を残していない自信はあるが、もしそれが発覚したのだとすれば、懲罰どころでは済まない。

（いいえ、ありえないわ。偽装には〈天眼の宝珠《アイ・オヴ・ザ・ウィッチ》〉も使っているし――）

ブーツを脱ぎ、背中にある衣装の紐《ひも》をほどく。

大人《おとな》びた黒の下着に包まれた胸。優美なカーブを描く腰のくびれ。

処女雪のように滑らかな白い肌が露《あら》わになる。

（少し、お肉がついてきちゃったかしら、甘いものを控えないと）

ほんのわずかに付いたお腹《なか》の肉を、ふよんとつまんだ、その時。

「あら、フィーネちゃんもそういうの、気にする年頃になったのね」

「……っ、ふあああああっ！」

無防備な背中をつーっと撫《な》でられ、エルフィーネは悲鳴を上げた。

「ふふ、驚かせてしまった？」

耳元で、ふっと息を吹きかけられる。声の主は、エルフィーネの背後からお腹に手を這《は》わせると、ふにふにとつまんできた。

「うーん、このくらいなら、気にすることはないいんじゃないかしら？」

「……～っ、ね、姉《ねえ》さん……どうしてここに！」

エルフィーネは背後を振り返り、彼女を鋭く睨《にら》んだ。

白衣を着た、二十歳半ばほどの女だ。

帝都の女優のような、端麗な顔立ち。夜の闇を溶かしたような黒髪が美しい。

クロヴィア・フィレット上級研究官。

エルフィーネの姉が、瞳に悪戯《いたずら》っぽい光を宿して、彼女を見つめていた。

「そんなに怖い顔しないで。せっかくの美人が台無しよ」

「……～っ、どこから入ってきたの？」

「さっきから、ずっといたわ。カフェのお客さんとして、ね」

「……え？」

「私の〈聖剣〉の力、知ってるでしょ？　フィーネちゃん、全然気付かないんだもの」

ふう、とクロヴィアは肩をすくめてみせた。

エルフィーネは思い出す。彼女の授かった〈聖剣〉は、たしか――

（人の認識に作用するもの、だったわね――）

自身の存在を意識の外に置く、とか、そんな能力だったと思う。

軍の分類では、あまり価値のないDランクの〈聖剣〉とされ、ゆえに彼女は前戦で〈ヴォイド〉と戦う〈聖剣士〉ではなく、研究者の道へ進んだのだ。

「さっきの魔女の格好？　とっても可愛《かわい》かったわよ」

「……なにをしに来たの」

と、エルフィーネは厳しい眼差《まなざ》しで問う。

「もちろん、可愛い妹の顔を見に――」

「嘘《うそ》ね」

「ええっ⁉」

即答するエルフィーネに、クロヴィアはショックを受けた様子を見せる。

……無論、その表情も嘘《うそ》なのだろうが。

「姉《ねえ》さん、悪いけど、管理局に呼び出されているの」

「あ、その呼び出しはわたし」

「……は？」

眉根を寄せるエルフィーネに、クロヴィアは微笑《ほほえ》んで、

「ちょっと管理局の端末に侵入して、フィーネちゃんを呼び出したの。少し、セキュリティが甘いんじゃないかな」

そんなことを、あっさりと言ってのける。

……たしかに、彼女なら、それくらいのことは簡単にできるだろう。

「管理局への侵入は犯罪よ」

「そうね。でも――」

と、クロヴィアはエルフィーネの目をじっと見つめ、

「あなたも、本国の〈アストラル・ガーデン〉に侵入してるわよね。それも〈聖剣学院〉の端末経由で――」

「……っ⁉」

「ふふっ、そんな怖い顔しなくても大丈夫。たぶん、私しか気付いてないわ。この私が、可愛《かわい》い妹を売るはずないでしょ？」

「なにが望みなの？」

エルフィーネは固い表情で言った。

あら、話が早い――と、クロヴィアは苦笑しながら呟《つぶや》く。

「研究所に運び込んだある遺物を、フィーネちゃんの〈聖剣〉で解析してほしいの」

「〈第〇六戦術都市《ゼクス・アサルト・ガーデン》〉の調査団が、永久凍土で発掘した？」

「ええ。私たちじゃ、ちょっと手に負えない代物《しろもの》なの」

クロヴィアはくすくす微笑むと、エルフィーネの鎖骨に指を這《は》わせた。

「フィーネちゃんが協力してくれれば、なにか突破口が見つかるんじゃないかって」

「……それは、脅迫？」

「ううん、お願いだよ」

エルフィーネは唇を強く噛《か》んだ。この姉に、〈アストラル・ガーデン〉への侵入を知られてしまっている以上、選択の余地はないも同然だ。

「確認しておくけど――」

エルフィーネは静かな声音で言った。

「調査団は、永久凍土でなにを発掘したの？」

クロヴィアは、唇をわずかに歪めて――

「地上に墜《お》ちた、超古代生物――」

「……生物？」

「――そう。旧世界では、〈魔王〉と呼ばれていたものよ」

◆

「レオ君、着替えちゃうなんてもったいないわ」

「も、もうあんなのはごめんです！」

リーセリアの運転する軍用ヴィークルの後部座席で、レオニスは叫んだ。

「せっかく可愛《かわい》かったのに――あ、トンネルを抜けるわ」

レオニスが顔を上げると、前方に外の光が見える。

都市間連結ブリッジを抜け、認証ゲートをくぐると、視界いっぱいに、晴れ渡った青空と高層ビルの立ち並ぶ街並みが広がった。

「ここが六番目に建造された要塞、第〇六戦術都市《ゼクス・アサルト・ガーデン》――〈アレクサンドラ〉よ」

レオニスは彼女の腰に掴《つか》まりつつ、あたりの景色を見回した。

都市の景観は、〈第〇七戦術都市《セヴンス・アサルト・ガーデン》〉とそう変わるものではないが、中央に見える巨大な二つの建物は、異様な存在感を放っている。

「あれが博物館《ミュージアム》よ。その隣にあるのが対虚獣研究所ね」

「思ってたよりも、大きいですね――」

ちょうど、〈死都《ネクロゾア》〉の要塞〈デス・ホールド〉の大宝物殿と同じ位だろうか。

そのまま、しばらく走り続けて――

人通りの多い繁華街に出ると、リーセリアは、ヴィークルのスピードを落とした。

「ここが有名なアカデミー・ストリートよ。食べ物のお店が多いの」

……なるほど。たしかに、そこかしこからいい匂いが漂ってくる。

「レオ君、お腹《なか》がすいてない？」

「ええ、まあ……」

と、レオニスは正直に答えた。

休憩中に、レギーナのお手製アップルパイなどを食べていたのだが、なにしろ、育ち盛りの少年の肉体である。そろそろ小腹がすきはじめていた。

（……まったく、不便なものだ）

「それじゃあ、せっかくだし、博物館に行く前に何か食べて行きましょう」

路肩にヴィークルを停車させると、リーセリアは端末を取り出した。

「ええと、たしか、このあたりに有名なクレープ屋さんが……あ、あそこだわ」

彼女の指差した先に、学生が行列を作っている店があった。

「あのお店は好きなトッピングが選べるの。レオ君は、なにがいい？」

「……よ、よくわかりません」

「じゃあ、定番の苺《いちご》とチョコと生クリームにするわね」

「それでいいです。あ、クレジットを――」

レオニスが端末を取り出そうとすると、

「わたしが出すわ。レオ君、頑張ってくれたもの」

「それでは、お言葉に甘えます」

最初の頃は、魔王の威信に関わると、眷属《けんぞく》に甘えることに抵抗のあったレオニスだが、十歳の子供であれば、そこは甘えるほうが自然であろう、というブラッカスの進言を聞き入れ、素直に受けることにしている。

「ここはいろんな食べ物のお店が集まってるの。食べ歩きしていきましょう」

「……あんまり食べると、太りますよ」

「そ、そうね……ふたつだとちょっと多いかも。半分こしましょう」

「お任せします」

と、頷《うなず》くレオニス。

……まあ、〈吸血鬼《ヴァンパイア》〉が太ることはないのだが。

リーセリアはクレープを受け取ると、レオニスと手を繋《つな》いだ。

「それじゃ、次のお店にいきましょう。あっちのお店も、とっても評判なの」

「……っ、セリアさん、手は繋がなくて大丈夫です！」

「だめよ、知らない街で迷子になったらどうするの、ほら――」

リーセリアはレオニスの手を繋ぎ、歩き出すのだった。

◆

手をつないで歩く、そんな二人の様子を――

ビルの屋上より、観察する影があった。

（……～っ、ま、魔王様っ！）

シャーリである。

彼女はレオニスの命により、〈第〇六戦術都市《ゼクス・アサルト・ガーデン》〉にも〈影の回廊〉の網を張り、よからぬ影がいないか、監視していたのだ。

その監視任務の最中、手を繋ぐレオニスとリーセリアの姿を発見したのである。

シャーリは不機嫌そうに、むっと唸《うな》った。

リーセリア・クリスタリアは、レオニスが直々に生み出した眷属《けんぞく》であり、しかもその種族は最上級のアンデッド――〈吸血鬼の女王《ヴァンパイア・クイーン》〉だ。今はまだ未熟ではあるものの、〈魔王軍〉復興の暁には、有用な戦力となることは間違いない。

それに、彼女はあの廃都で、レオニスの命を救う働きを見せたと聞く。

それに関しては、シャーリも感謝しているところではある。しかし――

(け、眷属が、あのように手を繋《つな》ぐのは、ふ、不遜はないでしょうかっ!)

シャーリは自分の手を見下ろした。

暗殺者として、〈不死者の魔王《アンデッド・キング》〉の敵に、数多《あまた》の死を与えてきた手。

自分は、あんな風に手をつないだことなんてない。

(……そんな畏れ多いこと、できるはずがありません)

シャーリは顔を上げ、お菓子を買う二人の姿をみつめる。

美しい白銀の髪の少女に振り回され、頬《ほお》を赤らめるレオニス。

あの眷属の少女は気付いていないだろうが――

彼女が、レオニスの寵愛《ちょうあい》を受けているのは間違いない。〈吸血鬼の女王〉が力を付ければ、いずれはレオニスのそばに侍《はべ》り、彼を守る存在になるだろう。

そうなれば、護衛であるシャーリは不要になるかもしれない。

レオニスに貰《もら》った骨の指輪を、そわそわと握りしめる。

――と、その時。

「……っ!?」

シャーリは振り向きざま、影のナイフを投擲《とうてき》した。

カッ、と地面に突き立つ刃《やいば》。

「姿を現していただきましょう」

冷徹な声で、スカートの下からナイフを取り出すシャーリ。

刃の突き立った地面。そこに映る影が、不気味に蠢《うごめ》いた。

「――なるほど。〈影の回廊〉は我々をおびき寄せる囮《おとり》、というわけか」

地面の影がくるくると螺旋《らせん》を描き、人のような姿をとる。

――魔族だ。

先日、レオニスと交戦した蜘蛛《くも》の怪物の同類、だろう。

「貴様も、ただの人間ではないようだな、娘。〈吸血鬼〉の眷属か――」

「吸血鬼――」

シャーリはわずかに眉を跳ね上げた。

……やはり、この魔族はリーセリア・クリスタリアを狙っているようだ。

（魔王様に、ご報告を――）

と、レオニスに思念を飛ばそうとするが――

(……っ、遮断されている⁉)

「――〈封絶結界〉だよ」

螺旋《らせん》の影が嗤《わら》った。

「……っ⁉」

刹那、気配を感じて、シャーリは跳んだ。

シャーリがそれまで立っていた場所の影が蠢《うごめ》き、二体の魔族が姿を現した。

六本の腕を持つ蜥蜴《とかげ》のような魔物と、腕に触手を生やした蝙蝠《こうもり》に似た魔物だ。

「――罠《わな》にかかったのは、お前のほうだ」

◆

レオニスとリーセリアはあちこちの店で食べ歩きをしつつ、博物館《ミュージアム》へ向かった。

博物館の巨大な建物は、もう目と鼻の先だ。

「食べ歩きって楽しいわね、レオ君」

串に刺さった揚げた肉団子を食べながら、リーセリアが言った。

「あんまり食べると、夜ご飯が食べられなくなってしまいますよ」

呆《あき》れたように言いつつ、レオニスも肉団子をほおばる。

揚げた衣を噛《か》みちぎると、じゅわっと熱い肉汁のスープが口の中にひろがり、軟骨のこりこりした食感が楽しめる。

「それはそれだもん」

と——

「……雨？」

パラパラと雨が降ってきたようだ。

「管理局の予知がはずれましたね」

「しかたないわ。天気が変わりやすいのは、海上都市《メガ・フロート》の宿命だし。それにしても——」

リーセリアは垂れ込めはじめた雲を見上げて、不安そうな顔をした。

遠く、沖合いのほうで稲光が閃《ひらめ》く。

「……ずいぶん急ね。嵐になるかも」

「とりあえず、屋根のある博物館に急ぎましょうか」

「そうね——」

パシャパシャと水を跳ねつつ、二人は博物館のほうへ走り出した。

ゲートの前で〈聖剣学院〉の学生証を見せ、敷地の中に入る。

入り口のところには、学院の制服を着た学生たちの姿もちらほらと見受けられた。

「レオ君は子供料金で入場できるわよ」

「子供扱いはやめてください」

レオニスは憮然《ぶぜん》として言い返すが、入場料はクレジットに登録された情報で自動的に引き落とされるようで、結局、子供料金で入ることになる。

ゲート前の広場には、岩に突き立った巨大な剣のモニュメントがあった。

「あれはなんですか？」

「〈聖剣〉のモニュメントよ」

と、リーセリアはひと差し指をたてて言った。

「六十四年前、〈ヴォイド〉の大侵攻の時に皇帝陛下が授かった、最初の〈聖剣〉だといわれているわ。第二次侵攻の際に皇帝陛下は命を落とされて、その最初の〈聖剣〉も失われてしまったけれど――」

「ちゃんと剣の形をしているんですね」

「それはそうよ。わたしたちの授かる星の力が〈聖剣〉と呼ばれるのは、この最初の〈聖剣〉が剣の形をしていたからだもの」

（……ふむ、さすが博物館《ミュージアム》だ。すでにいろいろ発見があるな）

建物の中は混み合っていた。急な雨から逃げて来た者も多いのだろう。

レオニスの手を握ったまま、リーセリアが中を案内してくれる。彼女は何度かここに来たことがあるようで、勝手知ったるものらしい。

「ちゃんと見ようと思ったら、とても一日では回りきれないわ」

「……そうみたいですね」

巨大な建物の外観を見ただけで、そうとわかる。

別館には、世界中の植物を集めた植物園などもあるようだ。

「とりあえず、順路通りに見て見ましょうか」

◆

正面のゲートを抜けると、吹き抜けの大きなホールが二人を出迎えた。

そのホールの真ん中に――

(な、なんだ、これは⁉)

巨大な骨のオブジェが鎮座していた。

「古代生物の王――〈ドラゴン〉の骨よ」

「ドラゴンの……⁉」

レオニスは柵の前に近付き、その巨大な威容を見上げた。

地下迷宮にいた、グレーター・ワームなどとは違う。

これは、完全なドラゴンの骨だ。

（……しかもかなり大型だな。角の形状からすると、赤竜だろうか？）

やはり、ドラゴンはカッコイイ。

ドラゴンが好きなレオニスは、思わず柵から身を乗り出しかけて、

「レ、レオ君、触ってはだめよ！」

リーセリアに引き戻されてしまった。

「レオ君、博物館《ミュージアム》はマナーを守らなくてはだめよ」

「わ、わかりました。すみません、つい興奮して……」

と、素直に謝るレオニス。

（しかし、こんなところにドラゴンの骨があるとはな……）

レオニスは骨のオブジェを見上げると、胸中で悪い笑みを浮かべた。

この世界では、もう手に入らないと諦めかけていたものだが。

これだけあれば、破損した〈屍骨竜《スカルドラゴン》〉も修復できるだろう。

「これは、どこで発掘された骨なんですか？」

「レオ君、これは本物の骨じゃないのよ」

「……え？」

「本物は、〈帝都〉の研究所にあるの。ここにあるのはレプリカよ」

「レ、レプリカ？」

レオニスはもう一度、ドラゴンの骨を見上げた。

よくよく見ればたしかに、本物の骨ではなく、精巧に出来たレプリカのようだ。

これでは〈死の領域〉の魔術を唱えても、操ることはできまい。

（……っ、俺が偽物の骨に騙《だま》されるとは）

レオニスはぐぬ、と唸《うな》った。

「この先には、本物の骨が展示してあるわよ」

と、リーセリアに手を引かれ、レオニスはドラゴンの前を離れるのだった。

吹き抜けのホールを抜けて、順路通りに進む。

トンネルを抜けると、やがて、次のホールにたどり着いた。

透明なガラスの壁の向こうに、古代生物の骨が展示されている。

「遺跡調査で発掘された、古代生物の骨の展示室よ。〈聖剣学院〉の調査隊が発掘したものも沢山あるわ」

そんなリーセリアの説明を聞くともなしに聞きながら、

（おお、これは鬼人族——オーガの骨か！）

レオニスはガラスの前に張り付いた。

レオニスの背丈の軽く七、八倍はありそうな、巨大な骨だ。

オーガは〈八魔王〉の一人、〈鬼神王〉ディゾルフ麾下《きか》の魔物で、人間や亜人種を喰《く》らう巨人の一族だ。粗暴な愚か者が多いが、オーガ・シャーマンと呼ばれる知能の高い個体は、第三階梯《かいてい》の魔術まで使いこなすことができる。

展示されているオーガの胸骨には、刃物で貫かれた痕跡があった。

……これは、本物のようだ。

(……大型のスケルトンが、もう少し欲しいと思っていたところだ)

オーガであれば、リーセリアの訓練用にちょうどいい。通常のスケルトンが相手では、彼女もそろそろ物足りなくなっているだろう。

(……なんとか、バレずに奪えないものか)

盗み出すだけであれば、〈影の領域〉に呑《の》み込んでしまえばいい。かわりに骨を組み合わせて作った偽物を配置しておけば、すぐにはバレないのでは？

と、腕組みしつつ、そんなことを考えていると——

「レオ君が、また悪いこと考えてる」

リーセリアがじーっと横目で睨《にら》んでいた。

「……っ、ど、どうしてわかったんですか!?」

レオニスはあわてて顔を上げた。

……悪い顔などしていなかったのに。

「だって、眷属《けんぞく》だもの。レオ君が考えていることなんて、お見通しなんだから」

くすっ、と冗談めかして微笑《ほほえ》むリーセリア。

レオニスはぐっと口を噤《つぐ》んだ。

（……気を付けるようにしなければ）

とりあえず、このオーガの骨を盗み出すのは諦めることとしよう。

展示された魔物の骨を見て回る。

グリフォン、ナーガ、コボルド、ハーピー、結晶化した魔族の核――

「不思議ね、数百年前までは、こんな魔物たちが闊歩《かっぽ》していたなんて」

と、リーセリアがぽつりと呟《つぶや》く。

レオニスにとっては、どれも見慣れた魔物の骨ではあるのだが――

「この魔物たちは、ある時期に絶滅したんですよね」

「ええ――〈大断絶〉と呼ばれているわ」

地上の魔物の大半が滅びた原因は、未《いま》だにわかっていないという。

巨大隕石の墜落。呪病《じゅびょう》の蔓延《まんえん》。星の魔力の暴走。あるいは、人類が知らないだけで、数百年前にも、〈ヴォイド〉の大侵攻があったのかもしれない。

（……ヴォイド、か）

〈ヴォイド〉に関しては、いまだにその正体が判然としない。

虚空の亀裂より現れる、未知の生命体。

しかし、その姿が太古の魔物の特質を備えているのは間違いない。

実際、人類もオーガ型、ワイヴァーン型などと、魔物の名称で分類している。

レオニスは、〈ヴォイド〉という存在が、虚無から生まれたのではなく、もともと別の生命体であったものが、何かの影響で変質したものだと考えている。

〈六英雄〉の〈大賢者〉アラキールと〈聖女〉ティアレスは〈ヴォイド〉に変貌し、ティアレスの権能で甦《よみがえ》った、クリスタリアの騎士の魂も〈ヴォイド〉へ変貌した。

（しかし、だとすると——）

〈ヴォイド〉が、虚空の亀裂から現れるのは、何故なのか。

あの亀裂の向こうがわには、なにがあるのか——？

と——

「あら、レオ君……に、セリア？」

突然、背後から声をかけられた。

レオニスとリーセリアが同時に振り向くと、背後に立っていたのは、

「フィーネ先輩？」

驚きの声を上げるリーセリア。

そこにいたのは、制服姿のエルフィーネだった。

「あ、ええっと……」

「ん、なになに、フィーネちゃんのお友達かな？」

と、微妙に口ごもる彼女に、隣に立つ白衣姿の女が声をかける。

肩口で切り揃《そろ》えた、艶《つや》のある黒髪。

容姿はエルフィーネに似て、かなりの美人であるが――

（ん、エルフィーネに似て……？）

レオニスが眉をひそめた、その時。

「――クロヴィア・フィレット、この娘《こ》の姉よ」

白衣の女は、そう自己紹介してきた。

（なるほど、姉か――）

どうりで顔立ちが似ているわけだ、と納得する。

しかし――

（……性格は、あまり似ていなさそうだな）

と、そんな印象をレオニスは抱いた。

この女からは、なにか底の知れないものを感じる。

――魔性の匂い、とでもいうべきものだ。

「あ、フィーネ先輩のお姉様でしたか。あの、わたしは、リーセリア・クリスタリアです。先輩とは同じ小隊に所属していて、あの、ふつつかものですがっ――」

あたふたとあわてて挨拶するリーセリア。

「セリア、落ち着いて」

エルフィーネが苦笑する。

「クリスタリア？　そう、あなたが——」

リーセリアの名前を聞いた途端、クロヴィアがわずかに目を細める。

「同じく、第十八小隊のレオニス・マグナスです」

レオニスも礼儀正しく自己紹介をした。

「よろしく……って、子供が小隊にいるの？」

「レオ君は、立派な〈聖剣〉使いよ」

と、エルフィーネは姉を窘めてから、リーセリアのほうを向く。

「二人とも、博物館《ミュージアム》でデートしてたのね」

「はい、レオ君が来たがっていたので」

（……デート？）

レオニスは首を傾《かし》げるが、

「ここはきっと退屈しないと思うわよ。一日ではまわりきれないでしょうから、〈第〇六《ゼクス・アサ》戦術都市《ルト・ガーデン》〉と連結してる間に、何度も来るといいわ」

「あの、先輩たちは、どうしてここに？」

と、訊《たず》ねるリーセリアに──

「姉に脅迫──いえ、助けを求められて、ね」

エルフィーネは肩をすくめてそう答える。

「例の永久凍土で発見された遺物の解析を、手伝うことになったのよ」

「ええっ、すごいじゃないですか！」

「うんうん、フィーネちゃんはすごいのよ」

満足そうに頷《うなず》くクロヴィアを、エルフィーネは鋭く睨《にら》み、

「博物館は地下の専用通路で、隣の研究所と繋《つな》がっているの」

その通路へ向かうところで、二人の姿を発見した、とのことだ。

それにしても──

（──永久凍土で発掘したもの、か。これは、いい機会かもしれんな）

……やはり、太古の精霊なのだろうか。

レーナとザリックの報告を聞いたときは、捨て置くつもりだったレオニスだが、機会さえあれば手に入れておきたいところではある。

「あ、あの──」

と、レオニスはおずおずとした様子で、クロヴィアに話しかけた。

「その遺物、見ることはできますか？」

「……レオ君？」

エルフィーネが驚いた顔をする。

「ふーん、キミ、古代の遺跡に興味があるの？」

「はい……」

「そうねえ。軍の機密だし、部外者には見せられないんだけど」

そう言って、考える仕草をする彼女。

……まあ、そうだろうな。想定通りの答えだ。

（ならば、この女を支配《コントロール》して――）

と、レオニスが支配の〈魔眼〉を使おうとした、その時。

「――いいわ。見学くらいなら、させてあげる」

クロヴィア・フィレットは片目をつむって言った。

「いいんですか？」

「姉《ねえ》さん？」

と、エルフィーネも訝《いぶか》しげな目を向ける。

「ほんとはだめだけど、フィーネちゃんのお友達だもの、特別よ」

◆

――対虚獣研究所。中央セクター。

「安息の息吹よ、眠りを与えたまえ――〈睡眠の雲《スリープ・クラウド》〉」

呪文の声と共に、広がった眠りの雲が、研究所の職員をまとめて昏倒《こんとう》させた。

「これで、無意味に傷付ける必要はなくなったでしょう」

と、振り向く覆面の少女、アルーレ・キルレシオ。

「やるじゃない。それ、エルフの魔術？」

「まあ、そうね」

肩を叩《たた》いてくるダークエルフの少女に、アルーレはやる気のない返事をする。

「監視カメラはこっちで壊しといたぜ」

「とりあえず、片っ端から縛っておきなさい」

「へいへいっ、と――」

レーナの命令に応え、獣人たちが眠った研究員を縛りはじめる。

（……抵抗されなくて良かった）

怪我《けが》人が出なかったことに、アルーレは内心ほっとした。

「けど、意外ね。こんなにあっさり侵入できるなんて。その、〈原初の精霊〉を封印しているのだとしたら、もっと警備が厳重だと思ったけれど」

「軍属の〈聖剣〉使いが三人もいたでしょう、十分すぎる警備よ」

「──ふうん、そうなのね」

アルーレが奇襲で昏倒《こんとう》させた相手だ。

千差万別な〈聖剣〉の能力は強力だが、使い手の練度はそれほどではなかった。

あれなら、廃都で剣を交えた青髪の少女のほうが、よほど強かったように思う。

「お、おまえたち、〈王狼派《おうろうは》〉の残党か！」

と、目覚めた研究員の一人が怒鳴った。

「いまは違うわ、〈狼魔衆《ろうましゅう》〉よ──」

レーナが近付き、ナイフを手に研究員を見下ろした。

「ひっ！」

「あんたに聞きたいことがあるわ。〈第〇六戦術都市《ゼクス・アサルト・ガーデン》〉の調査団が、永久凍土で発見したものがあるでしょ」

「……っ！」

「とぼけても無駄だぜ。〈原初の精霊〉を搬入したことは、調べがついてるんだ」

「精霊……なんだそれは!?」

「しらを切るか。だったら──」

「ちょっと、やめなさい」

暴力を振るおうとする獣人を、アルーレが止める。

「──ま、べつにいいわ、こっちを使うし」

レーナは肩をすくめると、研究員のカードキーを奪い取った。

それを端末に差しこみ、なにか操作をはじめる。

「ふふん、こういうの、ちょっと得意なのよね……っと、第七封印エリア、これね」

レーナがキーを押し込んだ途端、端末に映像が映し出された。

「ん？　なによ、これ……？」

「レーナ、どうしたんだ？」

怪訝《けげん》そうに顔をしかめるレーナに、仲間が訊《たず》ねる。

アルーレも後ろから、映像を覗《のぞ》き込み──

「……っ！」

息が止まった。

（……っ、嘘《うそ》でしょ……どうして、あいつが!?）

◆

レオニスたちは博物館《ミュージアム》の専用通路を抜け、研究所の地下に移動した。

クロヴィアは、次々とゲートロックを解除しながら先を歩く。

「エルフィーネ先輩のお姉《ねえ》さんは、偉い人なんですか？」

と、レオニスは小声でエルフィーネに訊《たず》ねた。

「フィレット社の主任研究官よ。〈ヴォイド〉研究に関する第一人者ね」

姉の背中を見るその視線は鋭い。

（……あまり、よい関係ではないようだな）

と、クロヴィアは昇降機の前で立ち止まり、耳の通信端末に触れた。

「変ね――」

「どうしたの？」

エルフィーネが訊《き》く。

「中央セクターと通信が繋《つな》がらないわ」

「なにかあった、ということ？」

「外は嵐が来そうだし、〈人造精霊《アーティフィシャル・エレメンタル》〉が不安定になっているのかも」

肩をすくめ、クロヴィアは認証カードを昇降機の扉にかざした。

レオニスたちが乗り込むと、昇降機は降下をはじめる。

「あなた、クリスタリア公爵の娘さん、だったわね」

不意に、クロヴィアはリーセリアに話しかけた。

「え？　は、はい……」

「〈大狂騒《スタンピード》〉に呑《の》み込まれた〈第〇三戦術都市《サード・アサルト・ガーデン》〉で、ただ一人生き残った――」

「……っ、姉さん！」

エルフィーネが鋭く声を発するが、彼女は構わず続ける。

「クリスタリア公爵は、古代遺跡に関して、数々の興味深い論文を残しているわ。帝国の研究機関には所属していなかったけど、彼は優秀な学者だった」

「ええ、父はよく書斎に籠もって、研究に打ち込んでいました」

と、頷《うなず》くリーセリア。

「ねえ、あなた、遺跡の研究に興味はある？」

「はい、学院では、古代言語学と遺跡調査学を専攻しているので――」

「姉さん、後輩を引き込もうとしないで」

エルフィーネが、リーセリアを庇《かば》うように割り込んだ。

「残念、優秀な助手が欲しかったんだけど――」

昇降機の扉が開いた。

クロヴィアは通路を進み、ゲートロックに手をかける。

「ここで見たものは、機密情報。わかっていると思うけど」

「あの、本当に、いいんでしょうか」

「ええ、フィーネちゃんのお友達っていうのもあるけど、クリスタリア公爵の娘であるあなたには、見る資格があるわ。これは、公爵の研究がなければ発掘できなかった」

ゴウンゴウン、と音をたて、分厚い金属の隔壁がゆっくりと開く。

魔導照明に照らされた、巨大な空間に——それはあった。

無数の鉄の支脚で固定された、巨大な氷塊。

そして——

(……なん、だ、と……?)

レオニスは絶句した。

その氷塊の大きさにではない。

氷塊の中に封印されたもの、それは——

——真紅の〈竜〉だった。

ただの竜ではない。レオニスは、その竜と幾度となく死闘を繰り広げた。

嵐と共に来たるもの。暴虐の覇者。天空を統べる魔王。

そう、〈叛逆《はんぎゃく》の女神〉と共に神々と戦った、〈八魔王〉の一人。

〈竜王〉——ヴェイラ・ドラゴンロード。

（……っ、馬鹿なっ……〈竜王〉は――）
レオニスは愕然《がくぜん》として、息を呑《の》んだ。
ヴェイラ・ドラゴンロードは、魔竜山脈で〈六英雄〉に滅ぼされたはずだ。
……だが、生きている。
レオニスにはわかる。この〈竜王〉は、間違いなく生きている。
「姉《ねえ》さん、あなたは何を――」
エルフィーネが我に返り、クロヴィアのほうを振り向く。
クロヴィアはまるで魅入られたように、それを凝視していた。
（なぜ、ヴェイラが……）
カツン、とレオニスが前に足を踏み出した。
それは、完全に無意識の行動であった。が――
〈……レ――ニス――……〉
「……ッ⁉」
意識の中に聞こえたその声に、レオニスはハッと顔を上げた。
「……ヴェイラ？」
ピシッ――
氷塊の表面に、小さな亀裂が奔《はし》った。

〈……レ……オ、ニス……──!〉

ピシピシッ、ピシッ──

「……!?」

「……っ、レオ君!?」

リーセリアが、咄嗟《とっさ》にレオニスの腕を掴《つか》んで引き戻す。

──と、次の瞬間。

〈竜王〉を封印した氷塊は、粉々に砕け散った。

第六章　魔竜の王

Demon's Sword Master of Excalibur School

──一〇〇〇年の封印から、それは目を覚ました。
蒼穹《そうきゅう》の覇者。大嵐と共に現れ、大いなる破壊を招くもの。
世界の支配者にして、王の中の王。
〈竜王〉──ヴェイラ・ドラゴンロード。
偉大なる竜の王は、〈女神〉の復活を待ち続け、この氷獄で眠り続けてきた。
だが、解き放たれた竜の魂は、黒く塗り潰される。
虚無が、その魂を喰《く》らい、蝕《むしば》んでゆく。
覚醒した意識は侵蝕《しんしょく》され、そして──

◆

オ、オオオオオオオオオオオオオオオオオッ──！
咆哮《ほうこう》が、世界を震撼させた。
氷獄が一気に割れ砕け、その巨大な破片があたりの隔壁を破壊する。

「――っ、〈力場障壁《ルア・メイレス》〉」

レオニスは咄嗟《とっさ》に魔力障壁を展開、背後のリーセリアたちを守った。

異常事態を告げるランプが点灯し、けたたましい警報が研究所に鳴り響く。

「……っ、ヴェイラ……生きて、いたのか――」

封印から解き放たれた、その巨体を見上げ、レオニスは喉の奥で唸《うな》った。

〈竜王〉――ヴェイラ・ドラゴンロード。

レオニスと同格の〈魔王〉の一柱。

魔竜山脈で、〈六英雄〉との戦いに敗れ、滅びた。

――滅びたはずだった。

（……あの氷塊は、最高位の竜語魔術〈時の氷獄《エクス・キユレイズ》〉か）

あらゆる力の干渉を拒否し、魂さえも閉じ込める、永久の氷獄。

この世界の炎などで溶かせるものではない。

〈竜王〉ヴェイラは、その氷獄に自身を封印したのだ。

そして、一〇〇〇年もの時を眠り続けてきた。

（俺と、同じように――）

真紅の竜が、封印隔壁の中で翼を広げはじめた。

その巨体が、バチバチッ、と稲妻のような魔力を帯びて輝く。

（……っ、ここで飛び立つ気か？）

ヴェイラは鎌首をもたげ、遙《はる》か頭上を見上げた。

その口腔《こうくう》に灼熱《しゃくねつ》の光が収束する。

「レオ君、伏せて――！」

リーセリアが叫び、柵の前に立つレオニスの身体《からだ》を押し倒した。

ズオオオオオオオオオオオオオオオオンッ――！

灼熱の閃光《せんこう》が、数十層もの特殊合金による隔壁を一瞬にして蒸発させる。

金属の欠片《かけら》が雨のように降り注ぎ、すさまじい乱打音が響きわたった。

「……っ！」

レオニスが床に倒れたまま、上を見上げた。

遙か頭上に、空が見えた。激しく稲妻のほとばしる乱雲が。

グル、ルルルウウウ――

〈竜王〉は、唸《うな》るように鳴くと――

ズンッ――と、その巨体を宙に浮かび上がらせた。

翼による揚力ではない。竜の多くは、全身に纏《まと》う魔力で飛行する。

真紅の竜は悠々と飛び上がり、外の世界に解き放たれた。

「な――」

と、最初に声を上げたのは、エルフィーネだった。

「なんなの、あの怪物は……姉《ねえ》さん、あなたは一体何を――」

「……予定外だったわ。まさか魔王の封印が解けるなんて」

クロヴィアは呆然《ぼうぜん》と、真紅の竜の飛び立った空を見上げていた。

「……魔王？」

「そうよ。あれこそ、古代世界の支配者。星の神々に叛逆《はんぎゃく》し、死と破壊と混沌《こんとん》をもたらしたもの。クリスタリア公爵はそれを、〈魔王〉と呼んでいた」

クロヴィアの呟《つぶや》きに、レオニスは訝《いぶか》しむように振り向いた。

魔王や神々の存在は、この時代には、忘れ去られていたのではなかったのか――

（……リーセリアの父親は、何を知っている？）

いや、今はそれを追求している場合ではあるまい。

ヴェイラ・ドラゴンロードは、正気を失っているように見えた。

「あんな怪物を野放しにしたら、〈第〇六戦術都市《ゼクス・アサルト・ガーデン》〉が壊滅するわ」

「〈第〇七戦術都市《セヴンス・アサルト・ガーデン》〉も、よ。半日とかからないでしょうね」

「……っ！」

クロヴィアを睨《にら》むエルフィーネ。

「先輩、地上は混乱してます。わたしたちで避難誘導を――」

「そうね――」

エルフィーネは、〈天眼の宝珠《アイ・オヴ・ザ・ウィッチ》〉を周囲に顕現させた。

「やっぱり、研究所の中央セクターが応答しないわ」

クロヴィアが耳の端末に手をあてて、首を傾《かし》げる。

「わたしが見てきます。レオ君は――」

リーセリアが振り返った時、そこにレオニスの姿はなかった。

〈封罪の魔杖《まじよう》〉を握り、シャフトの中へ飛び込んでいた。

「レオ君⁉」

「僕は、あの竜を追います！」

そう告げて、レオニスは〈飛翔〉の魔術で飛び上がった。

「……っ、ちょっと、レオ君⁉」

◆

鳴り響く警報。現れた巨大なドラゴンの影に恐怖し、混乱する人々の声。

その最中、研究所の中を平然と歩く、青年の姿があった。

「――おかしいな。予定よりも、ずいぶん早い」

聖服の青年――〈虚無卿《ヴォイド・ロード》〉ネファケス・レイザードは、訝《いぶか》しげに首を傾《かし》げた。

〈虚無〉が、魂を完全に侵蝕《しんしょく》する前に目覚めてしまうとは。

「――さすがは、かの〈竜王〉様、といったところでしょうか」

あるいは、なにかイレギュラーな事態が起きたのか――?

なんにせよ、そう遠くないうちに、ヴェイラの魂は〈虚無〉に呑《の》まれるだろう。

女神の器に相応《ふさわ》しいかどうかは、その時にわかることだ。

「おや、おやおや――」

と、その時。通路のガラス越しに――

彼の視線は、一人の少女の走る姿を捉えた。

美しい、白銀の髪の少女の姿を――

「嗚呼《ああ》、素敵だ。これも女神のお導きでしょうか」

ネファケスの薄い唇が、酷薄に歪《ゆが》んだ。

◆

吹き荒れる大嵐の中。

高層ビルの屋上で、シャーリは巨大な真紅の竜が飛び立つのを見た。

「……あれは、まさかヴェイラ様⁉」

思わず、目を見開く。

この都市で、一体なにが起きているのか。

（……なぜ竜王様が⁉）

「おいおい、よそ見をするなよ、ケ、ケケケェ――――ッ！」

「……っ！」

六本脚の蜥蜴《とかげ》の魔族が、その長大な舌を槍《やり》のように伸ばしてくる。

シャーリは紙一重で躱《かわ》し、その舌を刃《やいば》で切断した。

響き渡る魔族の悲鳴。そんなものは無視して――

振り向きざま背後に短刀を投擲《とうてき》する。

奇襲しようとしていた、蝙蝠《こうもり》型の魔族が絶叫した。

「竜王――あれは、あなたがたの仕業ですか？」

スカートの下から新たな短刀を取り出し、螺旋《らせん》の影に問い掛ける。

……おそらく、この魔族がリーダー格だろう。

蜥蜴と蝙蝠の魔族の強さは、先日、学院に現れた蜘蛛《くも》と同程度だ。

しかし、この螺旋の魔族はかなり強い。

「――あずかり知らぬこと。我はただ主《あるじ》の命に従うのみ」

「……主《あるじ》？」

「暗殺者が、主の名を口にすると思うか？」

螺旋《らせん》の魔族が、姿を消した。

刹那。シャーリの足もとの影が膨れ上がる。

（私と同じ、影の使い手……！）

シャーリは跳びすさり、影めがけて短刀を放った。

――が、螺旋の魔族は刃《やいば》をあっさり弾《はじ》くと、音もなく接近してくる。

「――あなたは、少しはやるようですね」

黄昏《たそがれ》色の瞳が煌々《こうこう》と輝く。

三本の短刀を宙に投げ放ち、地面に突き立てた。

地面を泳ぐ、螺旋の影を囲むように――

「――〈影魔雷斬《ヴラス・レア》〉！」

影の短刀を起点に、第三階梯《かいてい》の影魔術を放つ。

漆黒の雷霆《らいてい》が、螺旋の魔族を幾度も穿《うが》った。

これで滅ぼせる相手ではないだろうが、時間稼ぎにはなるだろう。

タッと地を蹴ると、スカートを翻《ひるがえ》し、給水塔を一気に駆け上がった。

そこへ――

「シャアアアアアアアアアアッ！」
頭上から、無数の影の触手が放たれた。蝙蝠《こうもり》型の魔族だ。
が、シャーリはそのすべてを回避。
空中に飛び上がると、ブーツの底で蹴りを叩《たた》き込む。
給水塔の上に落下した蝙蝠の喉に、短剣の刃を突き立てた。
今度こそ、断末魔の悲鳴を上げて、魔族は消滅した。
（──殺すのは、こんなにも簡単、です）
顔を上げ、真紅の竜のほうへ視線を向ける。
風圧で都市を破壊しながら、〈第〇七戦術都市《セヴンス・アサルト・ガーデン》〉の方角へ飛んでゆく。
──と、ビルの間を跳びつつ、その竜を追う影ひとつ。
（……っ、ま、魔王様⁉）
レオニスの姿を発見したシャーリは、すぐさま向かおうとするが──
ヒュルルルルッ──！
足首に巻き付いた影が、彼女の動きを止めた。
「──逃がさぬよ」
螺旋の魔族の伸ばした影の腕だ。
更に、ビルの屋上に続々と影の魔族が集まってくる。

「愚か、ですね。彼我の実力差もわからないとは」

シャーリは嘆息して、新たな短刀を取り出した。

「あなた方の先輩として、少し、身の程というものを教えてさしあげましょう」

◆

研究所の非常階段を、リーセリアは凄《すさ》まじいスピードで駆け上がった。

階段はところどころ崩れ落ちていたが、脚に収斂《しゆうれん》した魔力を解放し、人間を超越した〈吸血鬼《ヴァンパイア》〉の脚力で跳躍する。

氷塊の中に閉じ込められていた、あの巨大な赤竜。

クロヴィア・フィレットが、〈魔王〉と呼んだ存在に、彼女は心当たりがあった。

(お父様の遺した本に、名前が書かれていたわ――)

古代世界の支配者たる、魔竜の王――ヴェイラ・ドラゴンロード。

もっとも、解読出来たのはその名前だけだ。

それがどんな存在だったのかは、わからない。

けれど、あの竜の恐ろしいほどの力は、本能で感じとることができた。

(レオ君は、追いかけて行っちゃったけど……)

無論、レオニスが規格外の魔術師であることは、理解している。

（けど、あんな怪物を――）

いくら強いといっても、その身体《からだ》は十歳の少年のものなのだ。

ズドンッ！

リーセリアは、閉鎖した中央セクターの隔壁を蹴り開けた。

「……え？」

瞬間。飛び込んできた光景に、目を見開く。

白衣の研究員たちが、ロープで縛られて、床に転がされていた。

「……っ、な、なにが――」

と、駆け寄ろうとしたリーセリアに、銃が乱射される。

「……っ!?」

咄嗟《とっさ》に、蹴り壊した隔壁の残骸を盾にして身を守る。

「くそっ、〈聖剣士〉が来やがった！」

「なんなんだ、あの化け物はよお！」

「話が違うぜ、〈精霊〉じゃなかったのか!?」

叫びながら銃を乱射してくるのは、フードで顔を隠した獣人たちだ。

「〈聖剣〉――アクティベート！」

起動の言葉を唱えると、リーセリアの手に、〈聖剣〉――〈誓約の魔血剣《ブラッディ・ソード》〉が現れる。
リーセリアが浅く手首を切ると、魔力を帯びた血が床に滴り落ちた。
ヒュッ、と刃《やいば》に付着した血を振るい落とす。
足もとにひろがる血だまりが、無数の刃となって、弾丸の雨を斬り払った。
「ひ、ひいいいいいいっ！」
逃げるテロリストには構わず、リーセリアは〈聖剣〉を振るう。
踊る血の刃は、研究員を縛るロープをまとめて切断した。
「みんな、地上へ逃げて――」
指示するまでもなく、研究員たちは非常出口に殺到した。
テロリストを野放しにしてしまったが、追いかける余裕はない。
すでに施設のあちこちで火災が発生しているようだ。
（早く、脱出しないと――）
もう一度、外の通路に出て、残りの生存者がいないか確認する。
警報の鳴り響く通路に、人の姿は――……あった。
「……っ、あなたは――⁉」
リーセリアは驚きの声を上げる。
年齢は十三、四歳だろうか。小柄な少女だ。

新緑色のしっぽ髪に、ナイフのように鋭く尖《とが》った耳。

アルーレ・キルレシオ。

〈第〇三戦術都市《サード・アサルト・ガーデン》〉で保護した、エルフ族の少女だった。

「あ、あなた、ひょっとして、テロリストの仲間に？」

「ち、違うっ！　別に仲間になったわけじゃ――」

「だめよ、いまなら引き返せるわ！　わたしが保護者になるから――」

「だから、違うって言ってるでしょ！」

説得しようとするリーセリアに、エルフの少女は激しく首を振って否定する。

「連中と一緒にいたのは、な、なりゆきよ、なりゆき！」

「はあ……」

アルーレはかぶりを振ると、

「あたしは、あの竜を斃《たお》しに行くわ」

「え……ええっ⁉」

「それが、あたしに与えられた使命、だから――」

（……こ、この娘《こ》、なにを言ってるの？）

都市に連れて来られたことで、精神に変調を来しているのかもしれない。

保護されたばかりの棄民《きみん》には、よくあることだ。

（やっぱり、〈聖剣学院〉で保護したほうがいいわね……）

リーセリアは優しい声で、

「あのね、ここはとても危険なの。わたしと一緒に――」

――と、その時だ。

「――おや、旧世界の勇者様もご一緒でしたか。これは奇遇ですね」

「……っ!?」

聞こえてきた声に――

リーセリアとアルーレは同時に振り返る。

と、通路の向こうから姿を現したのは、見覚えのある男だった。

〈人類教会〉の司祭の聖服を身に着けた、白髪の優男《やさおとこ》。

廃都のクリスタリア公邸に現れた、謎の青年だ。

「お前は、廃都にいた――」

アルーレが鋭い声を発して、男を睨《にら》んだ。

このエルフの少女も、男のことを知っているようだ。

「ネファケス――〈虚無卿《ヴォイド・ロード》〉」

白髪の優男は、慇懃《いんぎん》な仕草で頭を下げた。

「〈竜王〉を解き放ったのは、お前かっ！」

アルーレが剣を抜き放ち、男に突き付けた。

「掘り起こしたのは人間ですよ。僕が手伝わなくても、いずれ目覚めたでしょう」

ネファケスは肩をすくめると、

「ま、ヴェイラ様には存分に暴れ回っていただくとして、僕がこうして出向いたのは、その彼女のためですよ」

薄笑みを浮かべ、リーセリアをじっと見つめた。

「廃都で、〈女神〉の器を滅ぼしたのは、あなたですか？」

「なんのこと――」

リーセリアは気丈に睨み返した。

〈女神〉――あの〈ヴォイド・ロード〉のことだろうか――

（あれを倒したのは、レオ君だけど……）

この男に、それを知られるのはまずい、と直感が告げている。

（きっと、レオ君の敵だわ……）

リーセリアも〈誓約の魔血剣《ブラッディ・ソード》〉を構えつつ、じりじりと後退する。

ただの人間とは思えない、〈吸血鬼《ヴァンパイア》〉の本能が危険を察知した。

「まあ、いいさ。聞く方法なんていくらでもある」

「……っ！」

と、隣に立つアルーレが、小声で囁《ささや》く。

「近くで火災が起きてる。ここで戦うわけにはいかないわ」

「ええ……」

〈吸血鬼《ヴァンパイア》〉の感覚は、煙が近付いていることを感じ取っていた。

不死者《アンデッド》の肉体なので、窒息することはないだろう。

しかし、〈吸血鬼の女王《ヴァンパイア・クイーン》〉といえど、アンデッドなので火は苦手だ。

「あたしが隙を作る。全力で地上に出るわよ――!」

「わかったわ」

リーセリアが短く頷《うなず》いた、瞬間。

「はあああああっ――大裂斬っ!」

ズガアアアアアアアンッ――!

アルーレは手にした剣を振りかぶり、床に叩《たた》き付けた。

「えええええっ、ちょっと!?」

建物が震動し、足もとの床が一気に崩壊する。

「――ほら、跳ぶわよ!」

アルーレはリーセリアの手をとり、跳躍した。

◆

暴風と雨が叩き付け、稲光が激しく明滅する。

（……っ、速いな、どこへ向かっている）

嵐雲の空へ飛び立った真紅の竜、ヴェイラを追って、レオニスは飛翔する。

重力制御の魔術では追い付くことができないので、無数にある高層ビルの壁を蹴り、魔力を爆発させて加速をしつつ、巨大な竜に追いすがる。

レオニスは、あまり空を飛ぶのが得意ではない。

地属性の重力制御の魔術で身体《からだ》を浮かせることはできるものの、風属性の魔術は〈不死者《アンデッド》〉の肉体と相性が悪く、極めることができなかったのだ。

なので、空を飛翔するときは、もっぱら〈屍骨竜《スカルドラゴン》〉を召喚するのだが。

都市の上空で、あんな目立つものに乗るわけにはいかない。

下手をすれば、戦術防空システムに攻撃される可能性がある。

（……っ、シャーリ、どこにいる！）

レオニスは先ほどから、何度か念話でシャーリを呼んでいた。

だが、返事は返ってこない。なんらかの魔術的な妨害を受けているようだ。

シャーリが、この事態に気付いていないはずもない。

ということは、何者かと交戦中ということだ。

（リーセリアの護衛を任せたかったが、しかたあるまい――）

シャーリは――大丈夫、だろう。万が一の時のためにあれを渡してある。

今は、〈竜王〉を追わねばならない。

ヴェイラ・ドラゴンロードが顕在であったことへの驚きはあった。

だが、同時に、奴《やつ》がそう簡単に滅びるはずがない、とも思っていた。

レオニスは、ヴェイラと幾度も戦ったが――

（あの魔竜は、何度殺しても死ななかった）

ヴェイラは〈第〇七戦術都市《セヴンス・アサルト・ガーデン》〉の方角へ飛んでいる。

都市はすでに対〈ヴォイド〉用戦闘形態に移行し、砲撃を開始しているが、そんなものでは傷一つ与えられない。

（……っ、まさか、〈聖剣学院〉を目指しているのか？）

激しく叩《たた》き付ける風雨。レオニスの額に、焦燥の汗が浮かぶ。

学院はレオニスの拠点だ。破壊されるわけにはいかない。

（奴は完全に理性を失っている――）

ヴェイラは、無意味な殺戮《さつりく》を好む〈魔王〉ではない。

〈八魔王〉の中では、まだしも話の通じる方だ。

だが、怒り狂ったときは、〈八魔王〉の中でも最も恐ろしい存在へと変貌する。

破壊の炎は空を焦がし、神々の棲《す》む山を一夜にして滅亡させたのだ。

（俺の〈王国〉を灰にはさせんぞ、ヴェイラ！）

レオニスはビルの壁を強く蹴りつけて――

「マグナス殿――」

次の足場にしようとしたビルの壁面に、ぬっと黒い影が現れた。

漆黒の毛皮を濡《ぬ》らした黒狼《こくろう》だ。

「来たか、ブラッカスよ――」

レオニスはふっと笑い、壁を駆ける黒狼と並走する。

「マグナス殿、あれは〈竜王〉か？　なにがどうなっている」

「俺にもわからん。永久凍土に封印されていたのを、人間共が発掘したらしいが――」

走りながら、レオニスは思考する。

しかし、何故レオニスのおとずれた、このタイミングで目覚めたのか――？

偶然、というには出来すぎたタイミングだ。

「乗れ――」

と、ブラッカスが言った。レオニスは漆黒の体毛を掴《つか》み、その背にまたがる。

雨に濡れたその毛皮は、荒々しく乱れていた。

「やはり、その姿の方が黒狼《こくろう》らしくていいぞ」

「そうか――」

短く頷《うなず》き、ブラッカスはビルの影から影へと、次々と転移する。

レオニスには真似《まね》できない、〈影渡り〉の能力だ。

ヴェイラとの距離は加速度的に縮まっていく。

だが、その時。真紅の竜が大きく翼をはためかせ、空中で止まった。

「……っ、なんだ？」

オオオオオオオオオオオオオオオオオッ――！

〈第〇七戦術都市《セヴンス・アサルト・ガーデン》〉の上空で、凄《すさ》まじい咆哮《ほうこう》が轟《とどろ》いた。

大気がビリビリと震え、ビルの窓ガラスが一斉に砕け散る。

「〈竜呼び〉の咆哮か――」

強大な竜は、魔力を込めた咆哮で、配下の竜たちを召喚することができる。

しかし、この時代に、純粋な竜の眷属《けんぞく》は絶滅しているはずだ。

（……なにを呼ぼうというのだ？）

――ピシッ――ピシピシッ、ピシッ――

と、嵐の吹き荒れる虚空に、無数の亀裂が走った。

「……っ、〈ヴォイド〉だと？」

虚空を裂いて現れたのは――

ドラゴンの形態を模した、虚無の怪物だ。

だが、その姿には、生物の頂点に君臨する種の偉大さは感じられない。

醜く膨れ上がった胴、乱雑に生えた翼、蠢《うごめ》く無数の触手。まるで、竜という種を冒涜《ぼうとく》し、嘲笑《あざわら》うかのようなその姿に、嫌悪の情がこみあげる。

「ヴェイラ、貴様ほど強大な存在が、〈虚無〉に蝕《むしば》まれたか――」

レオニスの胸中に、激しい怒りが生まれた。

〈大賢者〉と〈聖女〉さえ、虚無に蝕まれ、おぞましい姿に変貌した。

だが、個としての最強の生命体。

レオニスが、対等の仇敵《ライバル》と認めていた存在が穢《けが》されるのは、許し難い。

「おのれ、〈魔王〉の名を穢すかっ――!」

〈封罪の魔杖《まじょう》〉の尖端《せんたん》に、紅蓮《ぐれん》の焔《ほのお》が生まれた。

第八階梯《かいてい》魔術――〈極大消滅火球《アルグ・ベルゼルガ》〉。

巨大な火球が、空中で炸裂《さくれつ》。

灼熱《しゃくねつ》の焔が吹き荒れ、亀裂より現れた〈ヴォイド〉の群れを消し飛ばした。

◆

〈聖剣学院〉の敷地内に警報が鳴り響く。第一種戦闘配置だ。

戦闘フィールドでの〈剣舞祭〉は即座に中止され、各小隊が配置に付く。

「まったく、〈聖灯祭〉に招いた覚えはありませんよっ！」

レギーナはホーンテッド・カフェの衣装を着たまま、女子寮の屋根に上がった。

寮の周辺の芝生には、大勢の市民が避難してきている。

「みんな、寮の中に入ってください！」

レギーナは屋根の上から叫んだ。

吹けば飛ぶような建物だが、外にいては、〈ヴォイド〉の格好の餌だ。

〈聖剣〉──〈猛竜砲火《ドラグ・ハウル》〉を起動《アクティベート》し、脇に構える。

吹き荒れる風雨に、ツーテールの髪が激しくなびく。

（……っ、なんなんです、あれは⁉）

上空を睨《にら》み据え、レギーナは絶句した。

乱雲の空を、無数の大型〈ヴォイド〉──タイプ・ドラゴンが飛び交っている。

遠距離砲撃に特化したレギーナの〈聖剣〉だが、このモードでは、高速で移動する対象を狙撃するのは難しい。

しかし、タイプ・ワイヴァーン以上の大型〈ヴォイド〉に対し、狙撃モードの〈小竜《ドラグ・ス》爪銃《トライカー》〉では貫通力不足だ。
と、集まった市民の気配を察知してか――
空を舞う虚無の竜が、地上めがけて滑空してくる。
「ここには、近付かせませんっ！」
ドウッ、ドウッ、ドウッ、ドウンッ！
連続して火を吹く〈猛竜砲火《ドラグ・ハウル》〉の閃光《せんこう》。
ズウウウウウウウウンッ――！
撃墜されたドラゴン型〈ヴォイド〉は、裏手の森に落下する。
「まずは、一匹――」
だが、次の瞬間。レギーナは双眸《そうぼう》を見開く。
森に墜落した〈ヴォイド〉が、のっそりと起き上がったのだ。
（……思った以上に硬いですね）
ドウンッ、ドウンッ、ドウンッ！
三連続で〈猛竜砲火《ドラグ・ハウル》〉を撃ち込む。
（咲耶《さくや》が戻ってくるまで、なんとか持ち堪《こた》えないと――）
最強戦力の咲耶は、休憩を取り、〈剣舞祭〉の決勝戦を見に行った。
先ほどから何度も通信を試みているが、〈ヴォイド〉による通信妨害《ジャミング》がかかっているようだ。こうなっては、通信端末は役に立たない。
（こっちに急行してるはずですけど……）
あるいは交戦中なのか、執行部の遊撃部隊に編成された可能性もある。
砲撃をものともせずに近付いてくる、〈ヴォイド〉の巨影。
その口腔《こうくう》に、灼熱《しゃくねつ》の閃光《せんこう》が収束する――！
（……っ、まずい!?）
〈猛竜砲火《ドラグ・ハウル》〉で相殺しようとする、が――
レギーナのほうが一瞬、遅かった。
真っ白な熱閃《ねつせん》が、森の木々を消し飛ばし、建物ごとレギーナを呑《の》み込む。
「静謐《せいひつ》なる、水神の鏡よ――〈破魔大鏡《アルザイス》〉」
刹那。レギーナの眼前に、青く輝く、半球状の鏡が出現した。
〈ヴォイド〉の放った熱閃はその鏡に弾《はじ》かれ、四方八方に飛散する。
ドドドドッ、ドオオオオオンッ！
弾き散らされた熱閃は、敷地内のいたるところで爆発し、火柱を上げた。
「……んなっ！」
大被害だ。だが、レギーナと寮の建物は守られた。
レギーナは声のしたほうを振り向いた。

と、屋根の上のレギーナの頭上に――

杖《つえ》を手にした、ローブ姿の骸骨が浮かんでいた。

「え、ええええええっ!?」

レギーナは驚きの声を上げ、あやうく、屋根から落ちそうになるが――

「カッカッカ、昨今のドラゴンは醜くなったもんじゃのう」

ローブ姿の骸骨が、カタカタと嗤《わら》った。

杖の尖端《せんたん》を、接近してくる〈ヴォイド〉に突き付けると、

「吹き荒れよ、竜王の息吹のひと欠片《かけら》――〈灼焔竜魔破《ラズ・ヴエイラ》〉!」

ゴオオオオオオオオオオオオッ――!

ほとばしる紅蓮《ぐれん》の焔《ほのお》が、〈ヴォイド〉を一瞬で焼き尽くした。

「……」

レギーナは、もはや唖然《あぜん》とするしかない。

「ネフィスガル殿、獲物の独り占めはずるいですぞ」

「左様、我々も武功をたてる機会をいただきたい」

と、真下でまた別の声がした。

レギーナが下を向くと、そこには鎧《よろい》を着た二体の骸骨の戦士がいた。

「なに、獲物はまだまだおる。存分に暴れるがよい、アミラス殿、ドルオーグ殿」

……眩暈《めまい》がして、レギーナはこめかみを押さえた。
よくよく見れば、この骸骨たちには見覚えがあった。
ホーンテッド・カフェの玄関前に飾られた、骸骨のオブジェだ。
雰囲気が出るからと、レオニスが持ってきたのだった。
「あー……」
なんとなく理解して、レギーナは肩をすくめた。
(また、少年のあれですね……)
以前、レオニスは船の上で、骨のドラゴンを呼び出したことがあった。
この骸骨も、彼が寮を守る為に呼び出した、守護者なのだろう。
(少年、わたしたちに力を隠したがっているようですけど——)
と、レギーナは嘆息する。
(ぜんぜん、隠せてませんからね!)
おそらく、第十八小隊の全員、すでにレオニスがただ者でないことに気付いている。
……それはそうだ。あんな派手なことをしておいて、気付かないはずがない。
隠しおおせていると思っているのは、きっと本人だけだ。
(まあ、本人が隠したがっているうちは、あえて口にしませんけど、ね)
あの少年の正体が何者なのか、それはわからない。

けれど少なくとも、レギーナにとっては、妹のアルティリア王女を救ってくれた恩人なのだ。だから、管理局に彼のことを問われることがあっても、レギーナは全力で守るつもりだった。

（いつか、少年が話してくれるといいんですけど……）

『――ギーナ、聞……える……!?』

と、その時、通信端末に声が聞こえた。

「フィーネ先輩!?　いま、どこにいるんです？」

『第〇六――市よ……学院に――応援を……きる？』

声が激しく乱れる。通信端末は完全に使えないはずだが、〈天眼の宝珠《アイ・オヴ・ザ・ウイッチ》〉の力で、端末の力を強制的に増幅《ブースト》し、〈ヴォイド〉のジャミングを強引に突破したのだろう。

「――学院から、〈聖剣士〉の応援要請ですね？」

『ええ……お願……い――』

最前線で〈ヴォイド〉の〈巣《ハイヴ》〉を叩《たた》く〈第〇七戦術都市《セヴンス・アサルト・ガーデン》〉と違い、〈第〇六戦術都市《ゼクス・アサルト・ガーデン》〉は補給都市だ。配備されている〈聖剣士〉の数は、さほど多くない。

学院の管理局もそのことは把握しているはずだが、通信端末が使えないこの状況下で、派遣には時間がかかるだろう。

レギーナは談笑する骸骨の戦士たちに視線を送った。

（ここは、少年の骸骨戦士に任せてしまって、大丈夫でしょうか？）

あのローブの骸骨は、大型の個体を一瞬で殲滅《せんめつ》した。

ほかの二体も同じくらいの強さだとすると、この女子寮は過剰戦力だ。

……ひとつ気がかりなのは、あの骸骨たち、〈フレースヴェルグ寮〉を守ることは命じられても、ほかの場所に被害が出ることには頓着しなさそうな気がすることだ。

はたして、レギーナがこの場を離れていいものだろうか。

〈第〇六戦術都市《ゼクス・アサルト・ガーデン》〉までは、ヴィークルでも時間がかかりますし――）

彼女にしては珍しく苦渋の表情を浮かべ、親指の爪を噛《か》む。

と、豪雨の中、凄《すさ》まじい速度で走ってくる小柄な影があった。

「――咲耶《さくや》！」

「すまない！〈ヴォイド〉と交戦していた！」

キッ、と音を立て、咲耶が門の前で止まった。

「咲耶《さくや》、〈第〇六戦術都市〉の応援に行けますか！」

レギーナは屋根の上から叫ぶ。

「ここの守備は？」

「こっちは大丈夫です！」

「――わかった！」

短く頷《うなず》くと、咲耶の姿は雨に煙《けぶ》るようにかき消えた。

〈迅雷〉――〈聖剣〉の力による超電磁加速で、一気に駆け抜ける。

「頼みましたよ、咲耶」

その姿が消えるのを見送って、レギーナは〈猛竜砲火《ドラグ・ハウル》〉を構えた。

今度は、数十体の大型〈ヴォイド〉が、学院に降下してきた。

◆

「大型の二体が〈第八区画〉に向けて移動中、繰り返す、大型の――」

雷雨の降り注ぐ、博物館《ミュージアム》の広場。

エルフィーネは市民の避難誘導と、都市に展開した〈聖剣士〉に、移動する〈ヴォイド〉のデータを逐次伝達する。

真紅の竜の呼び出した〈ヴォイド〉――タイプ・ドラゴンは、〈第〇六戦術都市〉の各所を襲撃している。

数はさほど多くなく、組織だった攻撃ではないが、一体一体がAクラス以上の強力な個体であるため、〈聖剣士〉複数人で連携しなければ撃破は困難だ。

「……っ、さすがに、八個の〈宝珠〉を同時に展開するのはキツイわね」

ズキズキと頭が痛むのを感じ、彼女はこめかみを押さえる。

圧倒的な情報の洪水が、脳を圧迫するのを感じる。

戦闘訓練の時は、四個の〈宝珠〉を探査に使い、二個を解析とバックアップに回しているのだが、都市全体の情報を把握するとなると、かなり負担が大きい。

だが、〈ヴォイド〉の通信妨害《ジャミング》で、通信端末が使い物にならない以上、戦場で頼りになるのは、エルフィーネのような解析型の〈聖剣〉使いだけなのだ。

轟音《ごうおん》が鳴り響き、いたるところで火の手が上がる。

（レオ君、セリア……）

――姿の見えない二人の仲間のことも心配だった。

〈宝珠〉で探したいところだが、この状況では、貴重なリソースを二人のために使うわけにはいかない。

（姉《ねえ》さんも、姿を消してしまったし――）

同行していたクロヴィアは、いつのまにか姿を消していた。

（……あの人は、一体なにを考えているの？）

幼い頃は、少し変わり者ではあるものの、妹想《おも》いの優秀な姉だったように思う。

……彼女が、エルフィーネの知らない人間になったのは、いつからなのだろう。

（あの竜の化け物が目覚めたのは、彼女にとっても予定外だったようだけど――）

クロヴィアは、エルフィーネにあれを解析させようとしていた。なぜ、フィレット社の研究チームではなく、エルフィーネ個人に話を持ちかけたのか――

――姉の口にした〈魔王〉とは、一体、なんなのだろう？

第七章　〈魔王〉対〈魔王〉

オオオオオオオオオオオオオオオッ――！

ヴェイラの咆哮《ほうこう》は、虚無に蝕《むしば》まれた竜の群れを呼び続ける。

何十、何百という、醜悪な姿をした〈ヴォイド〉の群れ。

その光景は、竜王の最後の拠点であった、〈魔竜山脈〉を想起させた。

「……っ、キリがないな、まったく――」

影から影へと跳ぶブラッカスの背の上で、レオニスは歯噛《はが》みする。

この物量を前にして、〈聖剣学院〉が持ち堪《こた》えられるとは思えない。虚無の〈大狂騒《スタンピード》〉を止めるには、統率体《ヴォイド・ロード》を滅ぼすよりほかに方法はない、が――

レオニスには、ヴェイラが、完全に虚無に侵蝕《しんしょく》されているようには見えなかった。

燃えるような真紅の竜鱗《りゅうりん》は、元の姿と変わっていない。

〈大賢者〉アラキール・デグラジオス、〈聖女〉ティアレス・リザレクティア、完全に〈ヴォイド〉となった生命体は、もはや原形をとどめてはいなかった。

「ブラッカスよ、奴《やつ》はまだ、完全に呑《の》まれたわけではないようだ」

「それは――」

ブラッカスは反駁《はんばく》しかけて、口を噤《つぐ》んだ。常に魔王の傍《かたわ》らにあったこの友人は、レオニスの想《おも》いを汲んでくれたのだろう。

「……そうだな。その可能性は、否定できん」

「俺は、奴を救おうと思う。今ならまだ、間に合うかもしれん」

「あの虚無を払う方法でも、あるのか？」

「ああ。俺は、ヴェイラ・ドラゴンロードを殺す――」

レオニスはきっぱりと言った。

「その上で、俺の〈死の領域〉の魔術で、不死者《アンデッド》として甦《よみがえ》らせる」

「〈竜王〉を眷属《けんぞく》にする気か？」

「そうだ。成功するかどうかは、わからんがな」

滅びた〈ヴォイド〉は、ある程度の時間が経《た》つと、瘴気《しょうき》となって消えてしまう。

本当に死の魔術で甦らせることができるかどうかは、わからない。

たとえ甦らせたとしても、虚無が消えるのかどうかは不明だ。

「なんにせよ――ここを戦場にするわけには、いくまいなっ！」

レオニスは〈封罪の魔杖《まじょう》〉を振り上げた。

「魔星よ、我が威光の前に、天より堕《お》ちよ――〈重星崩界《グラン・メゼキス》〉！」

咆哮《ほうこう》を続けるヴェイラの頭上に、巨大な無明の黒球が生まれ――

ヴェイラの巨体を押し潰すように引きずり墜とす。

オオオオオオオオオオッ――――！

第十階梯《かいてい》魔術――〈重星崩界〉。

収斂《しゅうれん》した重力の塊が、空の王者を呑《の》み込んだ。

その先にあるのは、荒れ狂う大海原だ。

ズオオオオオオオオオオオオオオオオンッ――――！

重力星に呑まれ、海に墜落したヴェイラが巨大な水柱を立てる。

レオニスは、ブラッカスと共に水柱の真上に飛翔して――

「〈魔王〉同士が闘争するときは、これを使うのが習わしだったな」

虚空より、血の色をしたオーブを取り出した。

そのオーブを、真上に掲げると――

眼下の大海原が渦を巻き、海底の姿が露わになった。

闇の波動が空を貫き、円筒形の結界を形作る。

――〈女神の絶界〉。

ロゼリア・イシュタリスの固有魔術によって生み出されたこの結界からは、たとえ結界を起動したレオニス自身であっても、脱出することは不可能だ。

――〈結界〉を解く方法は、二つ。

闘争する両者の合意か、あるいは——決着が着くこと。

「これで、都市に被害を与えず、こころおきなく戦えるというものだ」

海底に墜ちたヴェイラを見下ろし、レオニスは魔杖《まじょう》の柄に手をかける。

だが、封印された〈魔剣〉を抜くことはできない。

（……やはり、無理か）

女神の魔剣〈ダーインスレイヴ〉は、その強大すぎる力ゆえに、使用には強烈な制限が課せられていた。

魔剣を抜くことができるのは、自身の〈王国〉を守る時。

そして、同じ女神の使徒である〈魔王〉に対して、その刃《やいば》を抜くことは許されない。

（……ヴェイラ相手に、なかなかのハンデだな）

ドラゴンは、その種族的特性として、魔術に強い耐性を持っている。

魔術師であるレオニスにとっては、最も苦手とする相手だ。

しかも、少年の肉体に転生したことで、魔力は大きく落ちている。

（——しかし、まあ、やるしかあるまい）

苦笑して呟《つぶや》くと、レオニスは〈封罪の魔杖〉を手に、海の底へ降下した。

◆

空を奔《はし》る稲光。雷雨の降りそそぐ、ビル街の路地の裏。

「シャアアアアアアアッ！」

蜥蜴《とかげ》の魔族が雄叫《おたけ》びを上げ、頭上から飛びかかってくる。

シャーリはスカートを翻《ひるがえ》して回避。振り向きざま、闇の刃《やいば》を投擲《とうてき》する。

刃が頭部を直撃。蜥蜴の魔物はズブズブと影の中に沈む。

「奇襲をかける前に雄叫びを上げるなど。馬鹿なのですか」

と、黄昏《たそがれ》色の目が冷たい一瞥《いちべつ》をおくる。

残るは、あの螺旋《らせん》状の影の魔族のみ。

ただ、あの魔族はほかの二体とは格が違う。

（少し、本気で行かせていただきましょうか――）

シャーリの手の中で、漆黒の刃が閃《ひらめ》く。

〈死蝶刃《レフイスカ》〉――レオニスに授かった、伝説級《レジエンダリイ》の魔法武器だ。

美しい装飾の施されたその柄を逆手に構え、ビルの壁を蹴って跳ぶ。

螺旋の魔族は影の中に姿を隠し、隙を窺《うかが》っているようだ。

おそらく、シャーリと同じ、〈影の王国《レルム・オヴ・シャドウ》〉の出身だろう。生まれた時から影の中で生き、暗殺を生業《なりわい》としてきた者特有の匂いがする。

――かつてのシャーリ・コルベットが、そうであったように。

（……わたしにできるのは、これだけですので）

空中に飛び上がると――

手にした〈死蝶刃《レフィスカ》〉の刃が分裂する。

目星を付けた影めがけて、虚空に生み出した、無数の影の刃を驟雨《しゅうう》のごとく放つ。

――が、手応えはない。パシャッと水音が響くのみだ。

と、次の瞬間。四方の壁から影の腕が伸びてきて、シャーリの四肢に絡み付いた。

「……っ!?」

ズズズズ……と、壁の影より続々と這《は》い出てくる、巨大な蜘蛛《くも》。

三体、四体……六体……先日、寮の裏の森に現れた、あの蜘蛛の魔族だ。

「グブ、グブブ、ブブブブ……」

ビルの谷間に奇怪な哄笑《こうしょう》が響きわたる。

「……なるほど、そういうことですか」

四肢を拘束されたまま、シャーリは呟《つぶや》いた。

この蜘蛛の魔族は、あの自爆した個体と同じものだ。つまり――

「この魔族たちは、お前の能力で生み出した存在なのですね」

「その通り、私こそが〈影魔〉――ラスピリオズ」

虚空より現れた螺旋《らせん》の影が、そう名乗った。

「これが、あの御方《おかた》に授かった〈魔剣〉の力。私の中に取り込んだ魔族の複製を生み出すことができる。〈影魔〉とは私一人で完成された暗殺集団なのですよ」

「……あの御方？」

「知る必要はありません」

と、螺旋の魔族は嘲笑《あざわら》った。

「あなたは、ここで死ぬのだから」

瞬間。巨大な蜘蛛《くも》の魔族たちが、一斉に自爆した。

◆

非常階段を駆け上がり、リーセリアとアルーレは地上に出た。

扉を蹴破った先にあったのは、世界各地の植物を集めた、研究目的の植物園だ。

「あの司祭、何者なの？」

振り返り、リーセリアはエルフの少女に訊《たず》ねる。

「あたしも、よくは知らない」

アルーレはくくったしっぽ髪を揺らし、首を横に振った。

「ただ、あの男は、あたしと同じ時代から来た」

「同じ……時代？」

奇妙な物言いに、リーセリアは眉をひそめるが、

「悪いけど、お話をしている時間はなさそうよっ」

「……っ⁉」

刹那。虚空に無数の火球が生まれ、二人に襲いかかった。

咄嗟《とっさ》に、左右に別れて跳ぶ二人。

火球が爆《は》ぜ、吹き上がる炎が地面を舐める。

「遊び場は、ここでいいですか？」

――ピシッ――ピシピシッ――

虚空の裂け目から、穏やかな微笑を浮かべた聖服の司祭が現れる。

その亀裂は、リーセリアには見慣れたものだ。

「〈ヴォイド〉の亀裂、どうして――⁉」

ネファケスはすっと手をかかげた。

「黒き雷光よ、我が敵を裁け――〈黒閃魔光《エギラ・イヴァ》〉！」

放たれる、漆黒の雷《いかづち》。それを――

「はあああああっ！」

アルーレ・キルレシオの剣がはじいた。

そのまま、地を蹴って加速。ネファケスに対して一気に距離を詰める。

アルーレの全身が、淡い燐光《りんこう》を放つのをリーセリアは見た。

魔力で身体能力を強化しているのだ。

少女の細腕から繰り出される、峻烈《しゅんれつ》な斬撃。

が、斬り捨てたはずのネファケスの身体《からだ》は、亀裂の中に消えていた。

「ふうん、〈魔王殺しの武器《ジ・アーク・セヴンス》〉――斬魔剣〈クロウザクス〉か」

背後にネファケスが現れる。

「……っ⁉」

振り向きざま、アルーレは剣の一閃《いっせん》を浴びせるが――

その斬撃は、ネファケスの手に顕《あらわ》れた杖《つえ》によって阻まれた。

「残念だけど、使いこなせてはいないようだね」

「……っ、その杖、は――」

「破滅杖〈ヴァルカ・ゾア〉――伝説の大魔導師の杖さ」

「まさか、六英雄の――？」

「見ての通り、僕はあまり接近戦が得意ではないんだけどね――」

杖の尖端に魔力が収斂《しゅうれん》するのを察知して、アルーレは後ろに跳んだ。

「第三階梯《かいてい》魔術──〈爆裂咒弾《ファルガ》〉！」

轟音《ごうおん》。大気が揺れ、アルーレの姿が爆発に呑《の》み込まれる。

「やはり、本来の力には及ばないようだね、エルフの勇者──」

「私もいるわっ──！」

〈聖剣〉──〈誓約の魔血剣《ブラッディ・ソード》〉を手にしたリーセリアが突進する。

だが、ネファケスは軽々と身を躱《かわ》すと──

胸元で印を切り、呪文を唱える。

「奢《おご》れる死者に、聖なる光輝を──〈聖光結界〉」

と、地面に突き立てた杖を中心に、眩い聖光が広がった。

「……っ、く……っ、い、やあああああああああっ！」

焼けつくような激痛に、リーセリアはその場に倒れ込んだ。

「……っ、な……に──？」

「神聖魔術というものです。不死者《アンデッド》の肉体には、耐えがたい苦痛でしょう？」

「……かっ……はっ……！」

呼吸ができない。喉を押さえ、地面をのたうちまわる。

まるで、魂の根源を炎で炙られているような、筆舌に尽くしがたい痛みだ。

と、苦しみに悶えるリーセリアの姿を見下ろして──

「――ふむ、妙ですね」

青年司祭は不思議そうに呟《つぶや》いた。

「この程度の力で、〈聖女〉を滅ぼせたとは思えませんが」

「……あ……ぐ、ああ……あ……」

「まあ、いいでしょう。あなたには、いろいろと聞きたいことがあるので――」

と、ネファケスが、リーセリアの白銀の髪を乱暴に掴《つか》みあげる。

――と、その刹那。閃光《せんこう》が奔《はし》った。

ギイイイイイイイイイインッ！

「……っ、なに!?」

打ち込まれた神速の斬撃を、ネファケスは咄嗟《とっさ》に杖《つえ》で弾《はじ》く。

青白い雷光が爆《は》ぜ、水たまりの上で乱舞する。

吹き荒れる嵐の中――

「――遅くなってすまない、先輩」

〈雷切丸《らいきりまる》〉を構えた咲耶《さくや》が、静かに告げた。

「それで、こいつは斬ってもいいのかな――？」

◆

「灰は灰に、塵《ちり》は塵に、滅びの定めにしたがえ――〈闇獄爆裂光《アルザム》〉！」

レオニスの手にした〈封罪の魔杖《まじよう》〉が禍々《まがまが》しく輝く。

遙《はる》か高みより放ったのは、単独最強の威力を誇る第十階梯《かいてい》の魔術。

ズオオオオオオオオオオオオオオンッ！

世界を揺るがすような轟音《ごうおん》と共に、紅蓮《ぐれん》の火柱が上る。

だが――

「……無傷、か。さすがだな」

レオニスの額を、冷たい汗が流れる。

真紅のドラゴンは、平然とした姿でたたずんでいる。

さすがに、第十階梯魔術が、まったく効いていないということもなかろうが。

「やはり、ドラゴン相手に魔術戦は分が悪い、か」

「――〈影の王国《レルム・オヴ・シャドウ》〉に封印されている、あれを解き放つか？」

ブラッカスの提案に、レオニスはふむ、と一考するが――

「……いや、最悪、敵が増えることになる」

すぐに首を横に振る。三番目の眷属《けんぞく》は、今のレオニスに御しきれるものではない。

「――短期決戦。それも接近戦を挑むよりほか、あるまいな」

魔王どうしの戦いは、数日間、場合によっては数週間に及ぶこともさえあった。

不死者《アンデッド》の肉体ゆえ、疲れを知らぬレオニスは、その戦いを愉しんでいたものだ。

だが、この少年の身体《からだ》では、使える魔力はよくて三分の一程度。

悠長に戦えば、魔力が底を尽きることも考えられる。

「――〈地烈衝破撃《グラズ・ガルド》〉、〈極大重波《ヴィラ・ズォ》〉、〈極大消滅火球《アルグ・ベルゼルガ》〉！」

続いて、魔杖で威力を増幅《ブースト》した戦術級の第八階梯魔術を惜しげなく叩《たた》き込むが――

オオオオオオオオオオオオオオオッ！

魔竜が咆吼《ほうこう》した。

無数の激しい雷霆《らいてい》が結界の中に降りそそぐ。

「……っ！」

ブラッカスが跳んだ。

〈結界〉の壁を蹴り、アクロバティックな動きで雷撃をすべて回避する。

「ま、待て、ブラッカス、今の俺の身体は――」

レオニスが抗議の声を上げるも、ブラッカスは構わず跳躍する。

杖《つえ》を持っていないほうの片腕で必死に捕まるレオニス。

〈人馬一体〉の魔術を使っているため、振り落とされる心配はないのだが――

「――このまま、懐に入るぞ、マグナス殿」

「……ああ、わかった！」

壁を蹴り、垂直に滑降する漆黒の狼《おおかみ》。

ヴェイラがその鎌首をもたげ、炎の吐息を放ってくる。

「――〈氷烈連斬《シャリア・ノース》〉」

レオニスは咄嗟《とっさ》に、防御魔術ではなく氷属性の攻撃魔術を放った。

ズオオオオオオオオオオオオンッ！

強烈な水蒸気爆発が発生し、あたりは真っ白な霧に包まれる。

その霧の中を、ブラッカスは一気に駆け抜ける。

「〈ヴォイド〉は呼ばぬようだな――」

「ああ、俺を相手に、雑魚《ざこ》を呼んでも意味がないと、本能で理解しているのだろう」

レオニスは嘯《うそぶ》く。

無論、雑魚というのはあくまで、レオニスにとっては、だ。

あのドラゴン型の〈ヴォイド〉は、〈聖剣学院〉の学院生には十分な脅威だろう。

レオニスの居城である〈フレースヴェルグ女子寮〉には、万が一の事態に備えてログナス三勇士を配置しているが、〈第〇七戦術都市《セヴンス・アサルト・ガーデン》〉そのものは守ることができない。

（決着を急がなければ、な……）

シギャアアアアアアアアアアアッ――！

破滅の熱閃《ねつせん》が、〈結界〉の外壁に沿って放たれる。

堅牢《けんろう》な城砦《じょうさい》さえ一撃で吹き飛ばす熱閃だ。半端な防御魔術では防げない。

ブラッカスは〈結界〉の壁を縦横無尽に走り抜け、熱閃を回避した。

「……っ、近付くのも一苦労だな――」

と、レオニスが悪態をついた、その時。

魔竜の王に、変化が起きた。

◆

「――咲耶《さくや》!?」

リーセリアは地面に倒れたまま、叫んだ。

「絶刀技――〈雷神烈破斬〉っ！」

紫電を纏《まと》った咲耶が、苛烈な連撃を放つ。

その斬閃は、リーセリアの〈吸血鬼《ヴァンパイア》〉の魔眼でも追い切れない。

ここに到着するまでに、何体か〈ヴォイド〉を斬ったのだろう。敵を斬るたびに加速する〈雷切丸《らいきりまる》〉の能力は、すでに最高速度に達している。

訓練や模擬試合では決して見ることのできない、咲耶・ジークリンデの本気の剣。

だが、あの異次元の剣捌《さば》きは――

（……咲耶《さくや》？）

なにか、違和感があった。

リーセリアは魔眼に魔力を込め、咲耶とネファケスの剣戟《けんげき》に眼《め》を凝らす。

――と、気付く。〈雷切丸《らいきりまる》〉を握る咲耶の右手が、闇色の瘴気《しょうき》を纏《まと》っている。

（……あれは、〈ヴォイド〉の瘴気？　そんなはず――）

と――

「我が刃《やいば》……にて……其《そ》の契約……無に帰せ、よ――」

リーセリアの背後で、喘《あえ》ぐような声が聞こえた。

アルーレ・キルレシオが、地面を這《は》いずるように近付いてくる。

「我は、其の光を打ち砕く――〈崩咒陣《ファル・リアス》〉」

その瞬間。リーセリアを戒《いまし》める光の結界は霧散した。

「呪文破りは……得意……なの、よね……」

エルフの少女は、歯を食いしばりながら、言葉を紡ぐ。

「あなたは……まだ、動ける？　あの娘、強いけど……一人じゃ、勝てな……」

「アルーレ――」

膝からくずおれた彼女を、リーセリアは咄嗟《とっさ》に支えた。

その足下には大きな血だまりができている。

骨も折れているようだ。どう見ても、戦える状態ではない。

そして、リーセリアも満身創痍だ。〈吸血鬼の女王《ヴァンパイア・クイーン》〉の力で、肉体の傷は癒えはじめているが、回復のために魔力がどんどん失われてゆく。

(もっと、魔力……が……あれ、ば――)

朦朧とした意識の中で、リーセリアは懸命に立ち上がろうとする。

あの司祭は、外見こそ人の姿をしているが、得体の知れない化け物だ。

咲耶を、一人だけで戦わせるわけにはいかない。

「……ごめんなさい。少しだけ、もらうわね」

リーセリアはこくり、と喉を鳴らすと――

エルフの少女の首筋に、ゆっくりと牙を突き立てた。

◆

……オ……オオオオオオオオオオッ……！

竜鱗《りゅうりん》の隙間から、虚無の瘴気が溢《あふ》れ出し――

その巨体が、ギチギチと軋《きし》むような音をたてて膨れ上がる。

弾《はじ》け飛んだ鱗《うろこ》の下から、鋭い爪の生えた腕が生えてくる。

魔竜の王が、なにか別のおぞましい存在に変貌を遂げようとしていた。

「――っ、ブラッカス、手遅れになる前に、奴《やつ》を倒すぞ」

レオニスは奥歯を噛《か》みしめ、唸《うな》るように言った。

あるいは、すでに手遅れなのかもしれないが――

（……その時は、俺が葬ってやる）

レオニスは地面に降り立った。

瘴気《しょうき》を撒《ま》き散らすヴェイラと、真正面から対峙《たいじ》する。

「固有魔術――〈黒帝狼影鎧《ブラック・タイラント》〉！」

瞬間。ブラッカスが漆黒の焔《ほのお》に姿を変え、レオニスの身体《からだ》に宿った。

魔剣〈ダーインスレイヴ〉は、その刃《やいば》に剣の勇者の魂を封印している。

魔剣を握っている時、レオニスは〈剣聖〉シャダルクより継承した、勇者であった頃の剣技を使うことができた。

しかし、今のレオニスは剣技を封印された状態だ。ある程度は扱えるものの、純粋な剣の腕では、咲耶《さくや》などには到底およばないだろう。

〈黒帝狼影鎧《ブラック・タイラント》〉は、ブラッカス・シャドウプリンスの力をその身に宿すことで、限定的な近接戦闘を可能にするものだ。魔術が効果的ではない敵と相対した時のために開発した、

「最後に、お前と共に戦えなかったことを」

と、魔王殺しの剣を手に取り、レオニスは静かに告げた。

「ヴェイラ、俺はずっと、後悔していたよ――」

具師の手によって甦《よみがえ》ったその刃は、竜王の鱗《うろこ》さえ貫けるだろう。

本来の力はさすがに失われているだろうが、それでも、レオニスという、超一級の魔導
粉々に吹き飛ばされた、その破片を集め、レオニスが魔力で鍛え直したものだ。

〈ハイペリオン〉の事件で、魔女シャルナークを操っていた〈ヴォイド・ロード〉。

〈魔王殺しの武器《ジ・アーク・セヴンス》〉――ゾルグスター・メゼキス。

装飾のほどこされた十字鍔《つば》のある、鋼のロングソードだ。

粘つくような闇の影から、ひと振りの剣が浮かび上がった。

……ズ……ズズズ、ズズズズ……――

「〈魔王〉相手には――これを、使おう」

レオニスは〈封罪の魔杖《まじょう》〉を自身の影に仕舞うと、スッと前に手を伸ばした。

「いや、魔術の刃では、奴の竜鱗《りゅうりん》を貫くことはできまい」

と、頭の中にブラッカスの声が響く。

『――〈影の剣〉を生み出すか？』

レオニスの固有魔術だった。

〈不死者の魔王《アンデッド・キング》〉として〈六英雄〉と戦い、討ち死にすることこそ望みだった。

だが、彼女の願いのために、ただ一人、この時代に生き残ってしまった。

「俺の剣を、受けてみるがいい——ヴェイラ・ドラゴンロードよ！」

◆

「——〈爆裂呪弾《ファルガ》〉」

ズオンッ——大気を揺るがす爆発音。

咲耶《さくや》の身体《からだ》が吹き飛ばされ、地面に激しく叩《たた》き付けられた。

「……くっ——あ……はあああああっ！」

が、受け身を取った咲耶は、再び〈雷切丸《らいきりまる》〉を構えて斬りかかる。

呪文を放ったネファケスが、怪訝《けげん》そうに眉を跳ねあげた。

「ほう、どういうことでしょう。生身の人間が、第三階梯《かいてい》の魔術に耐えるとは——」

「お前に教える義理はないよ——」

咲耶は刺突を繰り出した。刃《やいば》がネファケスの喉元を掠《かす》める。

「踊れ、灼熱《しゃくねつ》の炎よ——〈炎焦破《フラニス》〉」

今度は至近距離で、杖《つえ》の尖端《せんたん》に生まれた炎が咲耶を襲う。

「効かないよ――」

「な……に……？」

踏み込んで、咲耶は刀を一閃《いっせん》。燃えさかる炎を斬り払う。

〈雷切丸〉の刀身に、冴《さ》え冴《ざ》えとした青い光が宿る。

「魔剣――〈闇千鳥〉。人間相手に使うのは、初めてだよ」

「ほう、これは――じつに興味深いですね」

ネファケスが不敵な笑みを浮かべた。

「なるほど、君は人間というよりも、むしろ〈ヴォイド〉に――」

「黙れ。その煩《うるさ》い口を閉じろ――！」

青く輝く〈雷切丸〉を、横に一閃。さらに踏み込んで、神速の突きを放つ。

咲耶の剣は、一切の手心無く、心臓を穿《うが》ち抜く――

だが、魔剣の刃が貫いたのは、空隙だった。

眼前の司祭は、虚空の亀裂に姿を消したのだ。

「……なっ！」

「驚くことはありません。私のほうが、より虚無に近い、それだけのこと――」

どこからか声が聞こえた。咲耶は、瞬時に跳ぶが――

「舞え、凍える氷刃よ――〈氷斬舞《シャリア・ギラ》〉」

「……っ、ああああああっ！」

乱れ舞う氷の刃が、咲耶《さくや》の身体《からだ》を縦横無尽に斬り刻む。

「まだですよ、〈氷斬舞《シャリア・ギラ》〉――」

虚空の亀裂から姿を現したネファケスが、更に呪文を唱え――

「……っ、ネファケス！」

ヒュンッ――と、鞭《むち》のようにしなる血の刃が、司祭の肩を貫いた。

「……⁉」

と、肩越しに振り返るネファケス。そこへ――

「はあああああああっ！」

リーセリアが、〈誓約の魔血剣《ブラッディ・ソード》〉を振り下ろす。

ザンッ――！

灼銀の刃は、杖《つえ》を持つ司祭の右腕を斬り飛ばした。

「……っ、な、に⁉」

全身の血の全てを魔力に変換して、リーセリアは踏み込んだ。

輝く白銀の髪。魔力を帯びた真祖のドレスが、真紅の燐光《りんこう》を放つ。

「……っ、驚きましたね、まさか〈神聖結界〉を破るとは――」

片腕を失った司祭が後ろに跳ぶ。その美貌に、わずかな焦りの色を滲《にじ》ませて。

（わたしの魔力、全部、次の一撃に――）

と、眼前の敵を見据えたリーセリアは、奇妙なことに気付く。

腕を斬り飛ばしたはずなのに、血が噴き出していない。

その断面から溢《あふ》れ出るのは、黒い霧だ。

（――あれは、〈ヴォイド〉の瘴気《しょうき》!?　どうして――）

「――〈聖閃光《セレスティア》〉、〈聖閃光《セレスティア》〉、〈聖閃光《セレスティア》〉！」

ネファケスが、残った片方の腕で神聖魔術を連発する。

不死者《アンデッド》を灰に帰す聖なる光が、リーセリアの心臓を穿《うが》つ。

意識を、魂を灼《や》くような激痛。だが、リーセリアはそのまま突き進む。神話級《ミソロジー》の装身具である〈真祖のドレス〉を着ている限り、神聖魔術が致命傷となることはない。

「……っ、〈聖光結界〉――」

ネファケスが結界魔術を唱えようとした、その刹那――

「僕を忘れるな――」

リーセリアの隣を、迅雷が駆け抜けた。

「絶刀技――〈紫電〉！」

雷撃を帯びた咲耶の〈雷切丸《らいきりまる》〉が、呪文を放とうとするその右肩を穿ち――

リーセリアの〈誓約の魔血剣〉が、聖服の胸もとを斬り裂く。

そして――

無数の血の刃《やいば》が牙を剥き、ネファケスを檻《おり》に閉じ込める。

リーセリアが、〈誓約の魔血剣《ブラッディ・ソード》〉を捧《ささ》げ持つように構え――

「不死者《アンデッド》の女王が命じる、躍り、狂え――〈血華刃嵐《ブラッド・ストーム》〉！」

嵐の如《ごと》く、荒れ狂う血の刃。

「――っ、は、はははははっ、はははははっ――」

「……っ!?」

吹き荒《すさ》ぶ血風の中、ネファケスは嗤《わら》っていた。

「なるほど、君たち人類を、見くびっていたようだ！」

――ピシッ――ピシピシッ――ピシッ――

と、失った片腕の根元に、虚空の裂け目が現れる。

まるで、巨大な眼《め》のような裂け目に射竦《いすく》められ、リーセリアは身震いした。

「人類《あなたたち》に敬意を表して、ここは退《ひ》くとしましょう。ですが――」

ネファケスは、リーセリアに舐《な》めるような視線を向けて――

「――美しき女王に、ささやかなプレゼントを贈りましょう」

黒い三角錐《すい》の石を投擲《とうてき》した。

「……っ！」

リーセリアは、咄嗟《とっさ》に身を躱《かわ》そうとするが——

それは、リーセリアの胸もとに、吸い込まれるように消えてしまう。

「願わくば、あなたが、〈女神〉の器たらんことを——」

「待ちなさいっ——」

と、足を踏み出した彼女の眼前で、虚空の裂け目は消えてしまった。

「先輩、あれは一体、何者なんだ？」

「わからないわ。人間の姿をした〈ヴォイド〉なんて——」

リーセリアは首を横に振る。

「——いや、ボクはあれに似たものを見たことがあるよ」

「え？」

「〈桜蘭《おうらん》〉を滅ぼした〈ヴォイド・ロード〉も、人の姿をしていたんだ」

◆

（……っ、本当に、無尽蔵に魔族を生み出せるようですね）

雷雨の中、高層ビルの谷間を、シャーリはスカートを翻《ひるがえ》して駆け抜ける。

影を伝って追ってくる無数の蜘蛛《くも》の魔族を、影の鞭《むち》で迎撃する。

蜘蛛を一匹潰すたび、激しい爆風がシャーリを襲った。
自爆による飽和攻撃を受け、さしものシャーリの顔にも疲労が浮かぶ。
「……っ！」
雨に濡《ぬ》れたメイド服が重い。
〈死蝶刃《レフィスカ》〉を握る左手は、もうほとんど使い物にならない。
先ほど受けた傷は、思った以上に深いようだ。
咄嗟に自身の影を纏《まと》ったことで、致命傷は免れたが――
（……私は……弱くなった、のでしょうね……）
と、自嘲気味に呟《つぶや》く。
（魔王様が、わたしの世界に色を与えてくれた、そのかわりに――）
気がつけば、あたりをぐるりと、無数の影に包囲されていた。
……〈影の回廊〉も破壊され、逃げ場はない。
蜘蛛の自爆攻撃を受け続ければ、そう長くはもたないだろう。
シャーリは〈死蝶刃〉を口にくわえ、立ち上がった。
（せめて、刺し違えてでも、あの〈影魔〉を――）
――と、その時。目の前の水たまりに、なにかが転げ落ちた。
……指輪だ。

肌身離さず身に付けていた、レオニスに褒美として貰《もら》った指輪。
シャーリはそれをあわてて拾った。
強大な魔物を召喚できる、魔法の指輪だ。
(……〈シャドウデーモン〉級の魔物を呼び出せば、足止めにもなりますが)
この絶望的な状況では、たいして意味があるとは思えない。
シャーリが身を屈《かが》めたのを、隙と思ったのか――
蜘蛛《くも》の魔族は、一斉に飛びかかってきた。
(……魔王……様っ!)

◆

「――行くぞ、ヴェイラよ!」
〈魔殲剣《ませんけん》〉――ゾルグスター・メゼキスを手に、レオニスは地を蹴った。
ブラッカスの黒焔《こくえん》が全身からほとばしる。
グオオオオオオオオオオオオオオッ!
〈竜王〉の口腔《こうくう》が灼熱《しゃくねつ》の白に輝き、破滅の熱閃《ねっせん》を放射する。
(……っ、跳ぶぞ、ブラッカス!)

叫び、レオニスは跳躍した。
――足もとで黒焔が爆《は》ぜ、小規模なクレーターが発生する。
熱閃が地面を薙《な》ぎ払い、土砂を巻き込んだ火柱が連続で上がった。
だが、レオニスはすでに、〈竜王〉の真上にいた。
魔殲剣を振りかぶり、呪文を唱える。
「――〈極大消滅火球《アルグ・ベルゼルガ》〉！」
手にしたゾルグスター・メゼキスが灼熱化する。
魔術をその刃《やいば》に宿す魔剣技――〈魔法剣〉。
無論、第八階梯《かいてい》の魔術を宿せる剣など、そうは存在しない。
〈魔王殺しの武器《ジ・アーク・セヴンス》〉以外の武器であれば、砕け散っていただろう。
竜王の全身から生えた無数の虚無の腕が、レオニスを握り潰そうと手を伸ばす。
「――遅いな！」
レオニスは空中で瞬転。灼熱の刃で、〈ヴォイド〉の腕をまとめて斬り払う。
それは、〈ダーインスレイヴ〉に封印された、勇者レオニスの剣技ではない。
力任せに暴威を振るう〈魔王〉の剣技だ。
否、それは剣技とすら呼べないようなものだが――
（童心に返って振るう剣も、愉しいものだな！）

レオニスは獰猛《どうもう》に嗤《わら》った。
ズンッ――！
〈ヴォイド〉の腕を斬り刻み、ヴェイラの首めがけて、殲魔《せんま》の刃《やいば》を突き立てる。
〈魔王〉を滅ぼすために生み出された、聖剣の刃が、魔竜の鱗《うろこ》を貫通する。
（さすがは、俺たちを滅ぼすために生み出された、〈魔王殺しの武器《ジ・アーク・セヴンス》〉――）
そのまま、暴帝の黒焔《こくえん》を放出し、更に剣を突き込んだ。
ヴェイラは咆哮《ほうこう》し、翼を広げて飛び上がった。
レオニスを〈結界〉の壁に叩《たた》き付け、振り落とすつもりだ。
雲の上まで一気に飛び上がると、のたうつように、その巨体を何度も叩き付ける。
女神の〈結界〉は、決して破壊することができない。
だが、その黒光の壁は、ヴェイラの全身がぶつかるたびに激しく明滅した。
（この馬鹿力め……！）
レオニスは黒焔を放出し、必死に突き立てた魔殲剣《ませんけん》に掴《つか》まった。
「――〈黒焔魔《ラ・ヴィアズ》〉！」
刃を媒介して、第六階梯《かいてい》の魔術を直接体内に叩き込む――！
竜鱗《りゅうりん》が一斉に剥《は》がれ、霧のような瘴気《しょうき》が一気に吹き出した。
「……っ!?」

レオニスは剣を引き抜くと、落下しつつ、翼の付け根を斬りつけた。
オオオオオオオオオオオオオオオオオオオオオッ——！
ヴェイラは怒り狂い、落下するレオニスを追って急降下する。
迫り来る竜の顎門《あぎと》を見据えつつ、レオニスは〈死の領域〉の呪文を唱える。
「——我は、死を超えし不死者《アンデッド》の王、我が呼び声に応え、兵どもよ、甦《よみがえ》れ！」
レオニスが地面に着地したと、同時——
追ってきたヴェイラの喉笛に、巨大な骨の竜が噛《か》みつく。
海底に眠る巨大生物の骨を、手当たり次第に組み合わせ、骨の竜を生み出したのだ。
レオニスが戦場に海底を選んだ理由の一つだった。
「まだまだ、行くぞ——！」
レオニスは不敵に嗤い、つぎつぎと骨の怪物を作り上げてゆく。
地上に降りたヴィエラに、一斉に襲いかかる骨の軍勢。
だが、ヴェイラはその怪物どもを、尾の一撃で粉々に打ち砕く。
ズシャアアアアアアアアアアアンッ——！
（……っ、足止めにもならんか——）
骨の怪物を盾にして、レオニスはヴェイラから距離をとる。
だが、ヴェイラは追ってこない。

その巨体が膨れがり、竜鱗《りゅうりん》がボロボロと剥《は》がれて瘴気を撒《ま》き散らした。

その首が奇妙に折れ曲がり、〈ヴォイド〉の翼や腕が乱雑に生えてくる。

まるで、無限の進化と退化を繰り返しているような、吐き気を催す光景だ。

レオニスは歯噛《はが》みした。

「すぐに終わらせてやる。今のお前は、見るに耐えん――」

この姿を見続けることは、あの誇り高き〈竜王〉への冒涜《ぼうとく》だ。

「――〈闇獄爆裂光《アルザム》〉!」

最強の攻撃魔術を、〈ゾルグスター・メゼキス〉に宿し、〈竜王〉めがけて突撃する。

「おおおおおおおおっ――!」

レオニスは、その刃《やいば》を、竜の心臓めがけて突き込んだ。

そのまま、貫通した刃を更に押し込んで――

「爆《は》ぜろ――〈闇獄爆裂光《アルザム》〉!」

ズオンッ!

ヴェイラの巨体が膨張し、溶岩のように赤熱化した。

「――〈闇獄爆裂光《アルザム》〉!」

ズオオオオオオンッ!

もう一度、第十階梯《かいてい》魔術を叩《たた》き込む。

竜王を蝕《むしば》む〈虚無〉を、焼き尽くすように――

魔殲剣《ませんけん》〈ゾルグスター・メゼキス〉が、体内で砕け散った。

溢《あふ》れだした紅蓮《ぐれん》の焔《ほのお》が、竜の鱗《うろこ》の隙間から、灼熱《しゃくねつ》の溶岩となってしたたり落ちる。

そして――

ズウウウウウウウウウウウウウンッ――！

ヴェイラ・ドラゴンロードは、轟音《ごうおん》と共に崩壊した。

「……」

剣の柄を握る手は、焼け焦げていた。

レオニスはヴェイラの亡骸《なきがら》を見下ろした。

「――真剣勝負、だ。恨み言は言わぬだろうな」

〈竜王〉が本来の力であれば、殺しきることはできなかっただろう。

いや、それをいえば、レオニスも本来の姿ではないのだ。

感傷に浸っている暇は無い。

レオニスはかぶりを振り、影の中から〈封罪の魔杖《まじょう》〉を取り出した。

「――〈上級不死者作成《クリエイト・エルダー・アンデッド》〉」

魔竜の亡骸の上に血を滴《したた》らせ、死の領域の魔術を唱える。

リーセリアを〈吸血鬼の女王《ヴァンパイア・クイーン》〉として甦《よみがえ》らせたのと、同じ魔術だ。

（……〈屍竜司祭《エルダー・ドラコ・リッチ》〉になればいいが）

運悪く、知性を持たぬドラゴンゾンビになどなってしまったときは――

（……そのときは、眷属《けんぞく》とはせずに、誇り高き死を与えてやるとしよう）

魔術法陣が禍々《まがまが》しく輝き、不死者作成の呪文が完成する。

――と、その刹那。

変化が生まれたのは、ヴェイラの亡骸《なきがら》ではなく、レオニスのほうだった。

（……な、なんだと⁉）

驚く間もあらばこそ――

レオニスの身体《からだ》は、一瞬の光に包まれて消えてしまった。

◆

「…………――え？」

シャーリは、ゆっくりと眼《め》を開けた。

だが、目の前にある光景は、想像していなかったものだった。

襲いかかってきた蜘蛛《くも》の魔族たちが、氷の刃《やいば》に貫かれて死んでいた。

「一体、何が……？」

　と、顔を上げたその時、目に飛び込んできたのは――

「魔王……様……？」

〈封罪の魔杖《まじょう》〉を手にして立つ、レオニスの背中だった。

「……どうして、魔王様がここに？」

「いや、それはこっちのセリフだぞ、シャーリよ」

　レオニスも戸惑った様子を見せるが――

　ふと、シャーリが手にした指輪を見て、ああ、と呟《つぶや》く。

「指輪を使ったのだな」

「指輪……？」

「言ったはずだ。その指輪は、〈魔王軍〉で最強の戦力を召喚できる、と――」

　それから、レオニスは照れたように目をそらし、

「〈魔王軍〉最強の存在――つまり、俺のことだ」

「……はあ」

「む、なんだ、そのリアクションは……」

　レオニスは憮然《ぶぜん》として言った。

　シャーリは、しばらく座ったまま、呆然《ぼうぜん》として――

「ふ、ふふ……ふふ……」

それから、くすくすと、堪え切れなくなったように笑いはじめた。

「……なにがおかしい」

「魔王様は、面白い人です」

「……なんだか引っかかるが、まあいい」

レオニスは肩をすくめると、

「で、なんだ、貴様らは――」

ようやく、二人を包囲する影の魔族たちのほうへ視線を向けた。

その圧倒的な死の気配に、魔族たちの動きが止まる。

（ふむ、魔族の暗殺者どもか――）

まあ、なんにせよ――

「俺は寛大な魔王だが、俺のメイドに手を出した以上、お前達は死刑だ」

蜘蛛《くも》の魔族の先頭に立つ、ペラペラの螺旋《らせん》のような魔族に対して、そう宣告する。

「……っ、貴様、何を言って――」

「第八階梯《かいてい》魔術――〈黒虚月《ネル・ギーラ》〉」

レオニスが呪文を唱える。

虚空に現れた黒い球体が、一瞬で魔族たちを吸い込んでしまった。

あとには、ただ静寂だけが残された。

レオニスは背後を振り返ると、

「――さあ、帰るぞ、シャーリよ」

「は、はい、魔王様っ！」

灰色の雲が晴れ、日の光が射し込んだ。

エピローグ

Demon's Sword Master of Excalibur School

「――以上が、例の事件の報告となります」

クロヴィア・フィレット研究官は、〈仮想霊子戦術都市《アストラル・ガーデン》〉の中にある、王族専用のプライベートルームにて報告を完了した。

報告の相手は、アレクシオス・レイ・オルティリーゼ。

帝都〈キャメロット〉におわす帝弟だ。

「ふむ、竜の〈魔王〉は虚無の侵蝕《しんしょく》を受けて暴走状態になり、〈第〇七戦術都市《セヴンス・アサルト・ガーデン》〉沖の海中に没して消滅した、か。想像を遙《はる》かに超えた成果だな、まったく――」

「〈聖剣学院〉の管理局が海底を調査したようですが、痕跡はすでになかったと」

浮遊する鏡面球体に、白猫のアバターが恭《うやうや》しく頭《こうべ》を垂れる。

「虚無に汚染された原因は不明、か――」

「調査中です。ただ――」

「なんだ？」

「封印が解ける直前、〈魔王〉は、何かに反応したように見えました」

「ふむ、何か――とは？」

「わかりません。ただ、その場に、クリスタリア公爵の娘が居合わせていました」

「六年前、あの災厄をただ一人生き残った娘か。それは、たしかに興味深い」

「もちろん、偶然だとは思うのですが、少し気になりましたので――」

「わかった。記憶にとどめておこう。しかし、これで希望は絶たれてしまったな。遙《はる》か古代、神々と敵対した〈魔王〉、人類の手には余る存在か――」

「恐れながら殿下、我々は――」

「ああ、わかっているよ。〈魔王〉の探索は続けてくれ。たとえそれが、滅びを招く存在なのだとしても、我々に残された希望は、それしかないのだから――」

◆

超大型〈ヴォイド〉の発生により、〈聖灯祭〉は一時休止を余儀なくされた。

二日目の剣舞祭の中止はもちろん、〈聖剣学院〉自体も、建物の復旧などのため、三日間の休校となった。ただ、損傷を受けた〈第〇六戦術都市《ゼクス・アサルト・ガーデン》〉の連結期間も延長されたため、学生による模擬店は、休校開けにまた再開するらしい。

模擬店の売り上げは、都市の復興資金に寄付されるそうだ。

あんな大惨事があったにしては、立ち直りが早すぎる。

……さすが、最前線で戦う〈戦術都市〉といったところか。

「〈聖灯祭〉は、一度滅びかけた人類の文明の灯《ひ》を、もう一度灯《とも》すという意味のある、大切な祝祭なんです。そうそう中止にはできません、人類の意地みたいなものです」

と、レギーナが教えてくれた。

（……なるほど、意地か。たしかに、こういうところが人類の強さ、なのだろうな）

「ところで少年、新しいメイド服があるんですけど――」

「も、もう女装はしません！」

そんな提案をしてくるレギーナに、レオニスは憮然《ぶぜん》として首を振った。

ヴェイラ・ドラゴンロードの亡骸《なきがら》は、海底から忽然《こつぜん》と消滅してしまった。

虚無の侵蝕《しんしょく》が進みすぎていたのだろう。不死者《アンデッド》として甦《よみがえ》らせることはできなかった。

……無念なことだが、しかたあるまい。

もともと、そう分のいい賭けではなかったのだ。

それにしても、一〇〇〇年の間封印されていた〈竜王〉は、なぜあのタイミングで目覚めたのだろう。偶然、とはさすがに思えない。

同じ〈魔王〉であるレオニスに反応した、とも考えられるが――

（なんにせよ、あの男が関わっているのは、間違いないだろうな……）

異界の〈魔王〉の腹心、ネファケス・レイザード。

奴《やつ》はあの動乱の最中、リーセリアたちの前に姿を現したそうだ。

警戒はしていたが、まさか直接乗り込んでくるとは思わなかった。あの状況でシャーリ一人に彼女の護衛を任せたのは、レオニスの判断ミスだ。おおいに反省しなくては。

そのシャーリと交戦した魔族の暗殺者だが――

〈真実の牢獄《ろうごく》〉に放り込んで情報を聞き出したところ、奴はネファケスが召喚した魔族であり、リーセリアを捕らえてくるように命じられたという。

それ以上の情報は、まったく知らないようだった。

レオニスではなく、リーセリアを狙ってきたということは、〈第〇三戦術都市《サード・アサルト・ガーデン》〉で奴の計画を破綻させたのが、〈不死者の魔王《アンデッド・キング》〉だとは気付いていないようだ。

（なんにせよ、俺の眷属《けんぞく》に手を出した落とし前はつけて貰《もら》うがな……）

ベッドの上で、そんなことを考えていると――

「あ、レオ君、おはよう」

と、リーセリアが部屋に入ってきた。シャワーを浴びてきたばかりなのか、白銀の髪がわずかに濡《ぬ》れそぼっている。

「傷はもう、回復しましたか？」

「うん、〈吸血鬼《ヴァンパイア》〉の回復力って、本当にすごいのね」

リーセリアの滑らかな肌には、もう戦闘の傷跡などどこにもなかった。

「あのねレオ君、相談したいことがあるんだけど」

彼女はベッドに腰掛けると、なにか言いにくそうに口ごもる。

「なんです？　僕の血が欲しいんですか？」

「う、うん……って、そうじゃなくて！」

リーセリアは顔を真っ赤にして、ぶんぶん首を横に振る。

「ほ、ほんのちょっとだけ、レオ君以外の子の血を、吸ってしまったの」

「……なっ!?」

ネファケスとの戦闘中、〈真祖のドレス〉の維持のために血が必要となり、アルーレ・キルレシオから吸血したのだそうだ。

「レオ君、どうしよう。吸血鬼に咬《か》まれた人は、吸血鬼になるって――」

図書館でホーンテッド・カフェの資料を借りたときにでも知ったのだろう。彼女は、アルーレが不死者になってしまわないか、心配になったようだ。

その話を聞いたレオニスは、少し不機嫌な顔で、

「ああ、それは不死者になりますね。吸血鬼になればいいほうで、大抵は〈屍食鬼《グール》〉になりますよ。セリアさんが〈吸血鬼の女王〉になれたのは運がよかったんです」

「え、ええっ……どどど、どうしよう」

と、彼女が本気であわてだしたので、

「冗談ですよ」

と、レオニスは肩をすくめて言った。

ただ吸血するだけで、眷属《けんぞく》が無闇に増えることはない。

(しかし、なんだ、この感情は……)

なんだか、胸がモヤモヤするような、不思議な感じだ。

(独占欲、なのか? いや、しかし……)

……その感情がなんだかわからないまま、レオニスはこほんと咳払《せきばら》いした。

「こ、今後は、僕の血以外は吸わないでください」

「う、うん、わかったわ」

「じゃあ、どうぞ──」

と、レオニスは指先を差しだすと、

「う、うん、ごめんね……」

リーセリアは少し恥じらう様子を見せるが、すぐに我慢できずに舐《な》めはじめる。

……ちゅっ……、ちゅっ、ちゅぱっ……かぷっ。かぷかぷっ♪

彼女が牙を突き立てる、甘い疼痛《とうつう》のような感覚が、妙に心地よかった。

「……~っ、むー……」

部屋の中から響く水音に、シャーリはぷくーっと頬《ほお》を膨らませた。
クッキーを試食して貰《もら》おうと思ったのに、部屋に入れなくなってしまった。
「しかたありません、また出直しましょう――」
はあ、とため息をつき、くるりと踵《きびす》を返す。
(せっかく上手に焼けたのに、魔王様のばか……)
と、頬を膨らませたまま、焼きたてのクッキーをひとつ口にほうりこむ。
(……～っ、お、おいしいです♪)
シャーリの目がキラキラと輝いた。
買ってくるクッキーもおいしいけれど、手作りのクッキーはもっとおいしい。
……ぱくっ。もぐもぐ……ぱくっ。もぐもぐ……ぱくっ……
「……っ、ああっ、魔王様の分までぜんぶ食べてしまいました！」
シャーリが涙目になった、そのとき。
ドオオオオオオオオオオオオオオオオオンッ！
突然、轟音《ごうおん》が鳴り響き、女子寮の建物が大きく揺れた。

◆

「……な、なに!?」「……なんですか?」

リーセリアとレオニスはあわてて二階の窓を開き、外を見た。

女子寮の裏手の森に、巨大なクレーターが出現していた。

「隕石……ですか?」

「……っ、〈ヴォイド〉かもしれないわ──」

と、たちこめる土煙が晴れ──

その中心に姿を現したのは、一人の少女だった。

焔《ほのお》のような真紅の髪を靡《なび》かせた、暴力的なまでに美しい少女だ。

どこか人間離れした美貌。その頭には、小さな二本の角が生えていた。

その少女は、ふわりと飛び上がると──

唖然《あぜん》とする二人を空中から見下ろして、

「──ねえ、レオはどこ? ここにいるんでしょう?」

〈魔王〉──ヴェイラ・ドラゴンロードは、そう訊《たず》ねた。

あとがき

お待たせしました、志瑞《しみず》です。『聖剣学院の魔剣使い』4巻をお届けします！

学園祭の準備をする第十八小隊、菓子作りのアルバイトに勤《いそ》しむ暗殺メイド、テロリストの仲間にされてしまった、ポンコツ疑惑のあるエルフの勇者。そして、〈第〇六戦術都《ゼクス・アサルト・ガーデ》市《ン》〉に運び込まれた、あるモノとは——。楽しんでいただければ幸いです！


謝辞です。今回も素晴らしい表紙と挿絵を描いてくださった、遠坂《とおさか》あさぎ先生。本当にありがとうございます。ホーンテッド・カフェの衣装はまさに神でした。月刊少年エース誌上にてコミカライズを描いてくださっている蛍幻飛鳥《けいげんあすか》先生、単行本1巻発売おめでとうございます。かっこいいバトルも、ちょっとえっちなシーンも、大変クオリティの高い作品に仕上がっておりますので、ぜひぜひお手に取って読んで頂ければ嬉《うれ》しいです！

また今回、ボイスドラマも作成していただきました（やった！）。レオニス役は田村睦《たむらむつ》心《み》さん、リーセリア役は東山奈央《とうやまなお》さん、レギーナ役は大西沙織《おおにしさおり》さんと、豪華なキャストの皆様に演じて頂きました。どうぞお楽しみに！

——それでは、また次巻でお会いしましょう！

二〇二〇年四月　志瑞祐《ゆう》

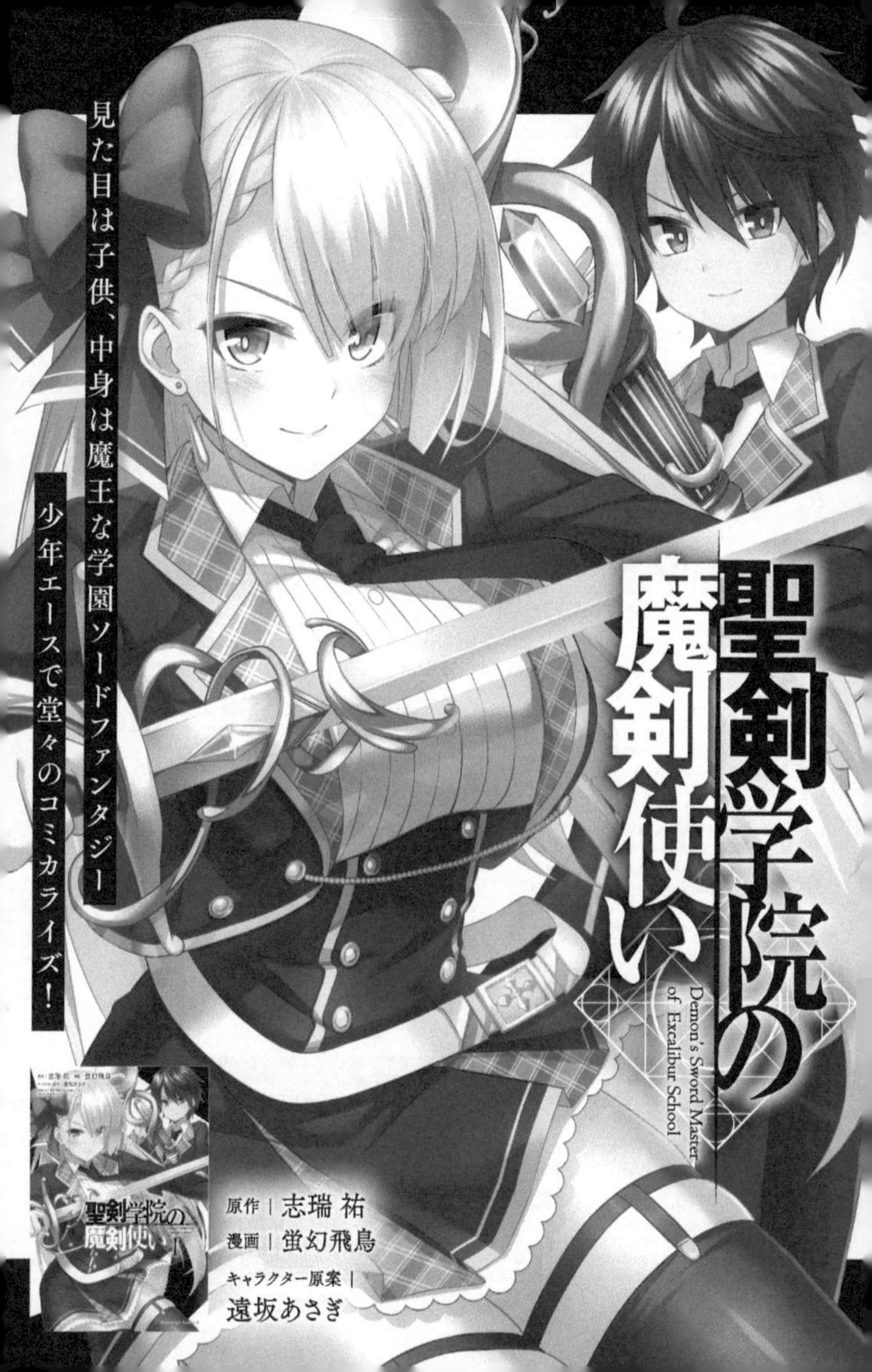
見た目は子供、中身は魔王な学園ソードファンタジー
少年エースで堂々のコミカライズ！
聖剣学院の魔剣使い
Demon's Sword Master of Excalibur School
原作｜志瑞 祐
漫画｜蛍幻飛鳥
キャラクター原案｜遠坂あさぎ

MF文庫 J

聖剣学院の魔剣使い4

2020年 5月 25日 初版発行
2023年 9月 10日 3版発行

著者 志瑞祐

発行者 山下直久

発行 株式会社 KADOKAWA
〒102-8177 東京都千代田区富士見 2-13-3
0570-002-301（ナビダイヤル）

印刷 株式会社 KADOKAWA

製本 株式会社 KADOKAWA

Printed in Japan ISBN 978-4-04-064657-2 C0193

【ファンレター、作品のご感想をお待ちしています】
〒102-0071 東京都千代田区富士見2-13-12
株式会社KADOKAWA MF文庫J編集部気付「志瑞祐先生」係 「遠坂あさぎ先生」係

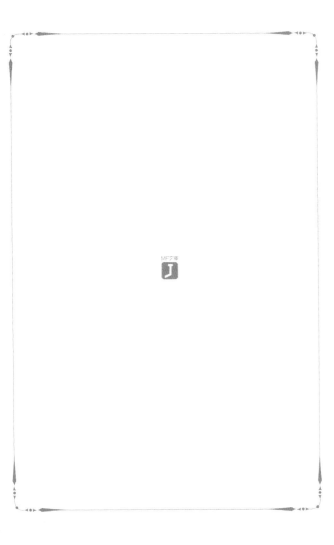